11.75

El banquero anarquista
y otros cuentos de raciocinio

Fernando Pessoa

El banquero anarquista y otros cuentos de raciocinio

Alianza editorial
El libro de bolsillo

Título original: *O banqueiro anarquista e outros contos de raciocínio*
Traducción de Miguel Ángel Viqueira

Primera edición: 1986
Tercera edición: 2013
Sexta reimpresión: 2024

Diseño de colección: Estrada Design
Diseño de cubierta: Manuel Estrada

Reservados todos los derechos. El contenido de esta obra está protegido por la Ley, que establece penas de prisión y/o multas, además de las correspondientes indemnizaciones por daños y perjuicios, para quienes reprodujeren, plagiaren, distribuyeren o comunicaren públicamente, en todo o en parte, una obra literaria, artística o científica, o su transformación, interpretación o ejecución artística fijada en cualquier tipo de soporte o comunicada a través de cualquier medio, sin la preceptiva autorización.

© de la traducción y el epílogo final: Miguel Ángel Viqueira
© Alianza Editorial, S. A., Madrid, 1986, 2024
  Calle Valentín Beato, 21
  28037 Madrid
  www.alianzaeditorial.es

PAPEL DE FIBRA
CERTIFICADA

ISBN: 978-84-206-1111-2
Depósito legal: M. 38.862-2012
Printed in Spain

Si quiere recibir información periódica sobre las novedades de Alianza Editorial, envíe un correo electrónico a la dirección: alianzaeditorial@anaya.es

Índice

- 11 El banquero anarquista
- 63 Una cena muy original
- 101 Tres categorías de inteligencia
- 111 El robo de la Finca de las Viñas
- 129 La carta mágica
- 155 El arte de razonar
- 161 Un paranoico juicioso

- 167 Epílogo ad hoc, por Miguel Ángel Viqueira

[Manuscrito 1914?]

Una de las pocas diversiones intelectuales que aún le queda a lo que aún queda de intelectual en la humanidad es la lectura de novelas policiacas. Entre el número áureo y reducido de las horas felices que la Vida me deja que pase, cuento como de lo mejor del año aquellas en las que la lectura de Conan Doyle o de Arthur Morrison me toma la conciencia en brazos.

<u>Un volumen de uno de estos autores, un cigarro de a 45 el paquete, la idea de una taza de café –trinidad cuyo ser uno es para mí la conjugación de la felicidad–, en esto se resume mi felicidad.</u> Sería poco para muchos; la verdad es que no puede aspirar a mucho más una criatura con sentimientos intelectuales y estéticos en el ambiente europeo actual.

Quizá sea para ustedes causa de pasmo no el que tenga yo a estos autores por predilectos y de dormitorio, sino el que confiese yo que en esta cuenta personal los tengo.

El banquero anarquista*

Habíamos terminado de cenar. Frente a mí, mi amigo, el banquero, gran comerciante y acaparador notable, fumaba como quien no piensa. La conversación, que se había ido amorteciendo, yacía muerta entre nosotros. Procuré reanimarla, al azar, sirviéndome de una idea que se me pasó por la cabeza. Me volví hacia él, sonriendo.

–Es verdad: me dijeron hace días que fue usted en otro tiempo anarquista...

–Lo fui y lo soy. No he cambiado a ese respecto. Soy anarquista.

–¡Tiene gracia! ¡Usted anarquista! ¿En qué es usted anarquista?... A no ser que le dé a la palabra algún sentido distinto...

---

* Este cuento de raciocinio fue publicado en el número 1 de la revista de pensamiento *Contemporânea*, en mayo de 1922.

—¿Del habitual? No; no se lo doy. Empleo la palabra en el sentido habitual.

—¿Quiere usted decir, entonces, que es anarquista exactamente en el mismo sentido en que son anarquistas esos tipos de las organizaciones obreras? ¿Entonces entre usted y esos tipos de la bomba y de los sindicatos no hay ninguna diferencia?

—Como haber, sí hay diferencia... Evidentemente que hay diferencia. Pero no es la que usted cree. ¿Duda usted acaso que mis teorías sociales sean iguales a las de ellos?...

—¡Ah, ya entiendo! En cuanto a las teorías, es anarquista; en cuanto a la práctica...

—En cuanto a la práctica soy tan anarquista como en cuanto a las teorías. Y en cuanto a la práctica soy más, soy mucho más anarquista que esos tipos que usted ha citado. Toda mi vida lo demuestra.

—¿Cómo?

—Toda mi vida lo demuestra, hijo. Lo que pasa es que usted nunca ha prestado a estas cosas una atención lúcida. Por eso le parece que estoy diciendo una tontería, o que le estoy tomando el pelo.

—¡Pues hombre, no entiendo nada!... A no ser..., a no ser que usted juzgue su vida disolvente y antisocial y le dé ese sentido al anarquismo...

—Ya le he dicho que no; es decir, ya le he dicho que no le doy a la palabra anarquismo un sentido distinto del habitual.

—Bueno... Sigo sin entender... Hombre, ¿quiere decirme que no hay diferencia entre sus teorías verdaderamente anarquistas y la práctica de su vida; la práctica de su vida como es ahora? ¿Quiere que me crea que usted lleva una vida exactamente igual a la de los tipos que habitualmente son anarquistas?

—No; no es eso. Lo que quiero decir es que entre mis teorías y la práctica de mi vida no hay ninguna divergencia, sino una conformidad absoluta. Que mi vida no es como la de los tipos de los sindicatos y de las bombas, eso es verdad. Pero es su vida la que está fuera del anarquismo, fuera de sus ideales. La mía no. En mí, sí, en mí, banquero, gran comerciante, acaparador si usted quiere, en mí la teoría y la práctica del anarquismo van unidas, y ambas son acertadas. Me ha comparado usted con esos tontos de los sindicatos y de las bombas para indicar que soy diferente de ellos. Lo soy, pero la diferencia es ésta: ellos (sí, ellos y no yo) son anarquistas sólo en teoría; yo lo soy en la teoría y en la práctica. Ellos son anarquistas y estúpidos, yo anarquista e inteligente. Es decir, amigo mío, que el verdadero anarquista soy yo. Ellos, los de los sindicatos y las bombas (yo también estuve en eso y me salí precisamente por mi verdadero anarquismo), ellos son la basura del anarquismo, las hembras de la gran doctrina libertaria.

—¡Ni al demonio se le ocurriría una cosa así! ¡Es asombroso! ¿Pero cómo concilia usted su vida, quiero decir su vida bancaria y comercial, con las teorías anarquistas? ¿Cómo la concilia, si dice que por teorías anarquistas entiende exactamente lo que los anarquistas corrientes? Y usted, por añadidura, me dice que es diferente por ser *más* anarquista que ellos, ¿no es cierto?

—Exactamente.

—No entiendo nada.

—¿Pero está usted empeñado en entender?

—Totalmente empeñado.

Se quitó el puro de la boca, que se había apagado; lo volvió a encender lentamente; miró la cerilla que se extinguía; la dejó suavemente en el cenicero; después, alzando la cabeza, agachada un momento, dijo:

—Escuche. Nací del pueblo y en la clase obrera de la ciudad. De bueno no heredé, como puede imaginarse, ni la condición, ni las circunstancias. Sólo me ocurrió que tuve una inteligencia naturalmente lúcida y una voluntad un tanto fuerte. Pero ésos eran dones naturales, que mi humilde nacimiento no me podía quitar.

»Fui obrero, trabajé, viví una vida apretada; fui, en resumen, lo que la mayoría de la gente es en ese medio. No digo que pasase verdadera hambre, pero anduve cerca. Por lo demás, podía haberla pasado, lo que no habría alterado nada de lo que siguió, o de lo que voy a exponerle, ni de lo que fue mi vida, ni de lo que es ahora.

»Fui un obrero corriente, en suma; como todos, trabajaba porque tenía que trabajar, y trabajaba lo menos posible. Lo que sí era, era inteligente. Siempre que podía leía cosas, discutía cosas, y, como no era tonto, nació en mí una gran insatisfacción y una gran rebelión contra mi destino y contra las condiciones sociales que lo hacían así. Ya le he dicho que, en buena lógica, mi destino podía haber sido peor de lo que fue; pero en aquel momento me parecía que yo era un ser a quien la Suerte le había hecho todas las injusticias juntas y se había servido de las convenciones sociales para hacérmelas. Eso ocurría allá por mis veinte años, veintiuno lo máximo, que fue cuando me hice anarquista.

Paró un momento. Se volvió un poco más hacia mí. Continuó, inclinándose un poco más.

–Siempre fui más o menos lúcido. Me sentí rebelde. Quise entender mi rebelión. Me hice anarquista consciente y convencido, el anarquista consciente y convencido que soy hoy.

–¿Y su teoría de hoy es la misma de entonces?

–La misma. La teoría anarquista, la verdadera teoría, es sólo una. Tengo la que siempre tuve, desde que me hice anarquista. Verá usted... Le iba diciendo que, como era lúcido por naturaleza, me hice anarquista consciente. ¿Qué es un anarquista? Es el que se rebela contra la injusticia de que nazcamos desiguales *socialmente,* en el fondo no es más que eso. Y de ahí resulta, como se ve, la rebelión contra las convenciones sociales que hacen esa desigualdad posible. Lo que le estoy indicando ahora es el camino psicológico, es decir, cómo se vuelve uno anarquista; lo que nos lleva a la parte teórica del asunto. Por de pronto, comprenda usted bien cuál sería la rebelión de un tipo inteligente en mis circunstancias. ¿Qué es lo que se ve por el mundo? Uno nace hijo de un millonario, protegido desde la cuna contra los infortunios, y no son pocos, que el dinero puede evitar o atenuar; otro nace miserable, siendo, de niño, una boca más en una familia en la que sobran bocas para la comida que puede haber. Uno nace conde o marqués y tiene por ello el respeto de todo el mundo, haga lo que haga; otro nace como yo, y tiene que andar derechito como una vela para que al menos lo traten como persona. Unos nacen en condiciones tales que pueden estudiar, viajar, instruirse, volverse (podría decirse) más inteligentes que otros que por naturaleza lo son más. Y así en todo...

»Las injusticias de la Naturaleza no las podemos evitar. Ahora bien, las de la sociedad y sus convenciones, ésas, ¿por qué no evitarlas? Acepto, no tengo otro remedio, que un hombre sea superior a mí por lo que la Naturaleza le ha dado: el talento, la fuerza, la energía; no acepto que sea mi superior por cualidades postizas, con las que no salió del vientre de su madre, sino que le vinieron por casualidad en cuanto salió de él: la riqueza, la posición social, la vida fácil, etcétera. De la rebelión que le estoy exponiendo con estas consideraciones fue de donde nació mi anarquismo de entonces, el anarquismo que, como le he dicho, mantengo hoy sin alteración alguna.

Se detuvo otra vez un momento, como pensando cómo proseguiría. Fumó y exhaló el humo lentamente, hacia el lado opuesto al mío. Se volvió, e iba a proseguir. Pero yo le interrumpí.

–Una pregunta, por curiosidad... ¿Por qué se hizo usted precisamente anarquista? Podía haberse hecho socialista, o cualquier otra cosa avanzada que no llegase tan lejos. Todo eso estaba dentro de su rebelión... De lo que usted ha dicho deduzco que por anarquismo entiende (y creo que está bien como definición del anarquismo) la rebelión contra todas las convenciones y fórmulas sociales y el deseo de abolirlas todas y esforzarse en ello.

–Eso mismo.

–¿Por qué escogió usted esa fórmula extrema y no se decidió por cualquiera de las otras... de las intermedias?...

–Se lo diré. Medité sobre todo eso. Y naturalmente, en los folletos que leía veía todas esas teorías. Escogí la teoría anarquista, la teoría extrema, como muy bien ha dicho usted, por las razones que le voy a decir en dos palabras.

Miró un momento al vacío. Después se volvió hacia mí.

–El mal verdadero, el único mal, son las convenciones y las ficciones sociales, que se superponen a las realidades naturales, todo, desde la familia al dinero, desde la religión al estado. Uno nace hombre o mujer, quiero decir, nace para ser, de adulto, hombre o mujer; no nace, en buena justicia natural, ni para ser marido, ni para ser rico o pobre, como tampoco nace para ser católico o protestante, o portugués o inglés. Es todas esas cosas en virtud de las ficciones sociales. Pero esas ficciones sociales son malas; ¿por qué? *Porque son ficciones, porque no son naturales.* Tan malo es el dinero como el estado, la constitución de la familia como las religiones. Si hubiese otras, que no fuesen éstas, serían igualmente malas, *porque también serían ficciones,* porque también se superpondrían a las realidades naturales y las estorbarían. Pues bien, cualquier sistema que no sea el puro sistema anarquista, que quiere la solución de todas las ficciones y de cada una de ellas completamente, *es también una ficción.* Emplear todo nuestro deseo, todo nuestro esfuerzo, toda nuestra inteligencia para implantar, o contribuir a implantar, una ficción social en vez de otra es un absurdo, más aún, un crimen, *porque es hacer una perturbación social con el fin expreso de dejar todo como estaba.* Si creemos injustas las ficciones sociales, porque aplastan y oprimen lo que es natural en el hombre, ¿para qué emplear nuestro esfuerzo en sustituirlas por otras ficciones, si lo podemos emplear en destruirlas a todas?

»Esto me parece concluyente. Pero supongamos que no lo es; supongamos que nos responden que todo eso puede ser muy cierto, pero que el sistema anarquista no es realizable en la práctica. Vamos a examinar esta parte del problema.

»¿Por qué el sistema anarquista no sería realizable? Nosotros, todos los avanzados, partimos del principio no sólo de que el actual sistema es injusto, sino de que sería ventajoso, puesto que hay justicia, sustituirlo por otro más justo. Si no pensamos así, no somos avanzados, sino burgueses. Ahora bien, ¿de dónde viene el criterio de *justicia?* De lo que es *natural* y *verdadero,* en oposición a las ficciones sociales y a las mentiras convencionales. Ahora bien, lo natural es lo que es enteramente natural, no lo que es mitad, o un cuarto, o un octavo natural. Muy bien. Ahora, una de dos: o lo natural es realizable socialmente o no lo es; en otras palabras, o la sociedad puede ser natural o la sociedad es esencialmente ficción y no puede ser natural de ninguna manera. Si la sociedad puede ser natural, entonces puede haber una sociedad anarquista, o libre, y debe haberla, porque es la sociedad enteramente natural. Si la sociedad no puede ser natural, si (por la razón que sea) tiene a la fuerza que ser ficción, entonces del mal el menos; hagámosla, dentro de esa ficción inevitable, lo más natural posible, para que sea, por eso mismo, lo más justa posible. ¿Cuál es la ficción más natural? Ninguna es natural en sí, porque es ficción; la más natural, en nuestro caso, será la que parezca más natural, la que *se sienta* como más natural. ¿Cuál es la que parece más natural, o la que sentimos como más natural? Es aquella a la que estamos acostumbrados.

»(Entienda usted: lo que es natural es lo que es del instinto; y lo que no siendo instinto se parece en todo al instinto es el hábito. Fumar no es natural, no es una necesidad del instinto; pero, si nos habituamos a fumar, pasa a sernos natural, pasa a ser sentido como una necesidad del instinto.) Ahora bien, ¿cuál es la ficción social que constituye un hábito nuestro? Es el actual sistema, el sistema burgués. Tenemos pues, en buena lógica, que o creemos posible la sociedad natural, y seremos defensores del anarquismo, o no la juzgamos posible, y seremos defensores del régimen burgués. No hay hipótesis intermedia. ¿Lo ve usted?

—Sí, señor; eso es concluyente.

—Aún no es muy concluyente... Aún hay otra objeción que liquidar del mismo género... Se puede estar de acuerdo con que el sistema anarquista es realizable, pero puede dudarse de que sea realizable *de repente;* es decir, que se pueda pasar de la sociedad burguesa a la sociedad libre sin que haya uno o más estados o regímenes intermedios. Quien haga esta objeción acepta, como buena y como realizable, la sociedad anarquista; pero se le antoja que tiene que haber algún estado de transición entre la sociedad burguesa y aquélla.

»Ahora bien. Supongamos que así es. ¿Cuál es ese estado intermedio? Nuestro fin es la sociedad anarquista o libre; ese estado intermedio sólo puede ser, por tanto, un estado de preparación de la humanidad para la sociedad libre. Esa preparación o es material, o es simplemente mental; es decir, o es una serie de realizaciones materiales o sociales que van adaptando la humanidad a la sociedad libre o es una simple propaganda gradualmente creciente o influyente, que va preparando *mentalmente* a desearla o a aceptarla.

»Vamos al primer caso, la adaptación gradual y material de la humanidad a la sociedad libre. Es imposible; es más que imposible: es absurdo. No hay adaptación material sino a una cosa *que ya existe.* Ninguno de nosotros puede adaptarse materialmente al medio social del siglo veintitrés, aunque sepa cómo será; y no puede adaptarse materialmente porque el siglo veintitrés y su medio social no existen *materialmente* aún. Así, llegamos a la conclusión de que, en el paso de la sociedad burguesa a la sociedad libre, la única parte que puede haber de adaptación, de evolución o de transición es *mental,* es la gradual adaptación de los espíritus a la idea de la sociedad libre... En todo caso, en el campo de la adaptación material, aún hay otra hipótesis...

—¡Pues anda que no hay hipótesis!

—Hijo, el hombre lúcido tiene que examinar todas las objeciones posibles y refutarlas antes de poder estar seguro de su doctrina. Y, además, todo esto responde a una pregunta que usted me ha hecho...

—Bueno.

—En el campo de la adaptación material, decía yo, hay en todo caso otra hipótesis. La de la dictadura revolucionaria.

—¿Cómo la dictadura revolucionaria?

—Como le he explicado, no puede haber adaptación material a una cosa que no existe, materialmente, aún. Pero si, por un movimiento brusco, se llegase a hacer la revolución social, quedaría implantada ya no una sociedad libre (porque la humanidad no está aún preparada para ella), sino una dictadura de los que quieren implantar la sociedad libre. Pero existe ya, aunque en esbozo o en sus comienzos, existe ya *materialmente* algo de la sociedad libre. Hay ya por tanto una cosa material, a la que la humanidad se ha de adaptar. Éste es el argumento con que los bestias que defienden la «dictadura del proletariado» la defenderían si fuesen capaces de argumentar o de pensar. El argumento, claro está, no es suyo: es mío. Me lo propongo, como objeción, a mí mismo. Y, como voy a demostrarle.... es falso.

»Un régimen revolucionario, mientras existe, y sea cual fuere el fin que persigue o la idea que lo conduce, es *materialmente* sólo una cosa: un régimen revolucionario. Ahora bien, un régimen revolucionario significa una dictadura de guerra, o, en el verdadero sentido de las palabras, un régimen militar despótico, porque el estado de guerra es impuesto a la sociedad por una parte de ella: la parte que asumió revolucionariamente el poder. ¿Qué es lo que resulta? Resulta que quien se adapte a ese régimen, como lo único que es *materialmente,* inmediatamente, es un régimen militar despótico, se adapta a un régimen militar despótico. La idea que condujo a los revolucionarios, el fin que persiguieron, desapareció por completo de la *realidad* social, que queda ocupada exclusivamente por el fenómeno guerrero.

»De modo que lo que sale de una dictadura revolucionaria, y saldrá tanto más completamente cuanto más tiempo dure esa dictadura, es una sociedad guerrera de tipo dictatorial; es decir, un despotismo militar. No podía ser otra cosa. Y fue siempre así. Yo no sé mucha historia, pero lo que sé encaja con esto; y no podría dejar de encajar. ¿Qué salió de las agitaciones de Roma? El Imperio Romano y su despotismo militar. ¿Qué salió de la Revolución Francesa? Napoleón y su despotismo militar. Y verá usted lo que sale de la Revolución Rusa... Algo que retrasará decenas de años la realización de la sociedad libre... Pero, ¿qué se podía esperar de un pueblo de analfabetos y de místicos?...

»En fin, con esto nos salimos del tema... ¿Ha entendido mi argumento?

—Lo he entendido perfectamente.

—Comprende usted por lo tanto que yo llegara a esta conclusión: fin: la sociedad anarquista, la sociedad libre; medio: el paso, *sin transición,* de la sociedad burguesa a la sociedad libre. Este paso sería preparado y sería posible mediante una propaganda intensa, completa, absorbente, de manera que predispusiera a todos los espíritus y debilitara todas las resistencias. Claro que por «propaganda» no entiendo sólo la que se hace por medio de la palabra escrita y hablada: entiendo todo, acción indirecta o directa, cuanto pueda predisponer a la sociedad libre y debilitar la resistencia a su llegada. Así, al no tener casi ninguna resistencia que vencer, la revolución social, cuando llegase, sería rápida, fácil, y no tendría que establecer ninguna dictadura revolucionaria, por no tener contra quién aplicarla. Si esto no puede ser así, es que el anarquismo es irrealizable; y, si el anarquismo es irrealizable, sólo es defendible y justa, como ya le he demostrado, la sociedad burguesa.

»Ahí tiene usted por qué y cómo me hice anarquista y por qué y cómo rechacé, por falsas y antinaturales, otras doctrinas sociales menos audaces.

»Pero dejemos eso... Vamos a seguir con mi historia.

Rascó una cerilla, y encendió lentamente el puro. Se concentró, y poco después prosiguió.

—Había varios jóvenes con las mismas opiniones que yo. La mayoría eran obreros, pero había alguno que otro que no lo era; lo que sí éramos todos era pobres, y, que me acuerde, no éramos muy estúpidos. Teníamos cierto deseo de instruirnos, de saber cosas, y al mismo tiempo un deseo de propaganda, de extender nuestras ideas. Queríamos para nosotros y para los demás, para la humanidad entera, una sociedad nueva, libre de todos esos prejuicios, que hacen a los hombres desiguales artificialmente y les imponen inferioridades, sufrimientos, estrecheces, que la Naturaleza no les había impuesto. En mi caso, lo que leía me confirmaba en estas opiniones. De libros libertarios baratos, los que había entonces, y ya eran bastantes, lo leí casi todo. Fui a conferencias y a reuniones de los propagandistas del tiempo. Cada libro y cada discurso me convencían más de la certeza y de la justicia de mis ideas. Lo que yo pensaba entonces, se lo repito, amigo mío, es lo que pienso hoy; la única diferencia es que entonces lo pensaba solamente, y hoy lo pienso y lo practico.

—De acuerdo; hasta aquí todo está muy bien. Está claro que usted se hiciese anarquista así, y veo perfectamente que usted era anarquista. No necesito más pruebas de ello. Lo que yo quiero saber es cómo de ahí salió el banquero..., cómo es que salió de ahí sin contradicción... Es decir, ya calculo más o menos...

—No, no calcula en absoluto... Sólo que quiere decir... Usted se basa en los argumentos que me acaba de oír, y cree que encontré el anarquismo irrealizable y, por eso, como le he dicho, sólo defendible y justa la sociedad burguesa, ¿no?...

—Sí, calculaba que sería más o menos eso...

—¿Pero cómo podría ser así, si desde el principio de la conversación le he dicho y repetido que soy anarquista, que no sólo lo fui sino que sigo siéndolo? Si me hubiese hecho banquero y comerciante por la razón que usted cree, yo no sería anarquista, sería burgués.

—Sí, tiene usted razón... ¿Pero entonces qué demonio...? Venga, siga diciendo.

—Como le dije, yo era (y lo fui siempre) más o menos lúcido, y también un hombre de acción. Ésas son cualidades naturales; no me las pusieron en la cuna (si es que tuve cuna), yo las llevé allí. Pues bien. Siendo anarquista, encontraba insoportable ser anarquista sólo pasivamente, sólo para ir a escuchar discursos y hablar de ello con los amigos. No: ¡era necesario hacer algo! ¡Era necesario trabajar y luchar por la causa de los oprimidos y de las víctimas de las convenciones sociales! Decidí arrimar el hombro, como pudiese. Me puse a pensar cómo podría ser útil a la causa libertaria. Me puse a trazar mi plan de acción.

»¿Qué quiere el anarquista? La libertad, la libertad para sí y para los otros, para la humanidad entera. Quiere estar libre de la influencia o de la presión de las ficciones sociales; quiere ser libre tal cual nació y apareció en el mundo, que es como en justicia debe ser; y quiere esa libertad para sí y para todos los demás. No todos pueden ser iguales ante la Naturaleza: unos nacen altos, otros bajos; unos fuertes, otros débiles; unos más inteligentes, otros menos... Pero todos pueden ser iguales de ahí en adelante; sólo las ficciones sociales lo impiden. Lo que era necesario destruir era esas ficciones sociales.

»Era necesario destruirlas... Pero no se me escapó una cosa: era necesario destruirlas *pero en provecho de la libertad,* y sin perder nunca de vista la creación de la sociedad libre. Porque eso de destruir las ficciones sociales tanto puede ser para crear libertad, o preparar el camino de la libertad, como para establecer otras ficciones sociales diferentes, igualmente malas por ser igualmente ficciones. Aquí sí que había que tener cuidado. Era necesario acertar con un procedimiento de acción, cualquiera que fuese su violencia o su no-violencia (porque contra las injusticias sociales todo era legítimo), por el cual se contribuyese a destruir las ficciones sociales sin entorpecer, al mismo tiempo, la creación de la libertad futura; creando ya incluso, si fuese posible, algo de la libertad futura.

»Claro que esta libertad, que se debe cuidar de no estorbar, es la *libertad futura* y, en el presente, la *libertad de los oprimidos por las ficciones sociales*. Claro está que no tenemos que procurar no entorpecer la "libertad" de los poderosos, de los bien situados, de todos los que representan las ficciones sociales y obtienen ventajas de ellas. Ésa no es libertad; es la libertad de tiranizar, que es lo contrario de la libertad. Ésa, por el contrario, es lo que más deberíamos pensar en entorpecer y combatir. Me parece que esto está claro...

—Está clarísimo. Continúe...

—¿Para quién quiere el anarquista la libertad? Para la humanidad entera. ¿Cuál es la manera de conseguir la libertad para la humanidad entera? Destruir por completo todas las ficciones sociales. ¿Cómo se podrían destruir por completo todas las ficciones sociales? Ya le anticipé la explicación, cuando, a causa de su pregunta, discutí los otros sistemas avanzados y le expliqué cómo y por qué era anarquista... ¿Se acuerda usted de mi conclusión?...

—Me acuerdo.

—... Una revolución social súbita, brusca, aplastante, que hiciera pasar a la sociedad, de un salto, del régimen burgués a la sociedad libre. Una revolución social preparada por un trabajo intenso y continuo, de acción directa e indirecta, tendente a disponer a todos los espíritus para la llegada de la sociedad libre, y a debilitar hasta el estado comatoso todas las resistencias de la burguesía. No necesito repetirle las razones que llevan inevitablemente a esta conclusión, dentro del anarquismo; ya se las he expuesto y usted ha entendido.

—Sí.

—Esa revolución sería preferiblemente mundial, simultánea en todos los puntos, o los puntos importantes del mundo; o, de no ser así, pasaría rápidamente de unos a otros, pero, en todo caso, sería en cada punto, es decir, en cada nación, fulminante y completa.

»Muy bien. ¿Qué podía hacer *yo* para ese fin? Yo solo no podía hacerla, la revolución mundial, ni siquiera podía hacer la revolución completa en la parte referente al país en donde estaba. Lo que sí podía era trabajar, con todas mis fuerzas, en la preparación de esa revolución. Ya le expliqué cómo: combatiendo, por todos los medios accesibles, las ficciones sociales; no entorpeciendo nunca el combate o la propaganda de la sociedad libre, ni la libertad futura, ni la libertad presente de los oprimidos; creando, en lo posible, algo de la futura libertad.

Aspiró el humo; hizo una leve pausa; recomenzó.

—Pues aquí, amigo mío, puse mi lucidez en acción. Trabajar para el futuro está bien, pensé; trabajar para que los demás tengan libertad, sin duda. Pero, ¿y yo? ¿No soy nadie? Si yo fuese cristiano, trabajaría alegremente por el futuro de los demás, porque tendría mi recompensa allá en el cielo; pero si fuese cristiano, no sería anarquista, porque entonces las desigualdades sociales no tendrían importancia en nuestra corta vida: serían sólo condiciones para probarnos, y serían compensadas en la vida eterna. Pero yo no era cristiano, ni lo soy, y me preguntaba: ¿pero por quién voy yo a sacrificarme en todo esto? Más aún: ¿*por qué* voy yo a sacrificarme?

»Me vinieron momentos de descreimiento; y usted comprenderá que estaba justificado... Soy materialista, pensaba yo; no tengo más vida que ésta; ¿para qué he de afligirme con propagandas y desigualdades sociales, y otras historias, cuando puedo gozar y entretenerme mucho más si no me preocupo por eso? Quien sólo tiene esta vida, quien no cree en la vida eterna, quien no admite otra ley que la Naturaleza, quien se opone al Estado porque no es natural, al matrimonio porque no es natural, al dinero porque no es natural, a todas las ficciones sociales porque no son naturales, ¿a santo de qué defiende el altruismo y el sacrificio por los demás, o por la humanidad, si el altruismo y el sacrificio tampoco son naturales? Sí, la misma lógica que me demuestra que un hombre no nace para estar casado, o para ser portugués, o para ser rico o pobre, me demuestra también que no nace para ser *solidario*, que no nace sino para sí mismo, y por tanto para ser lo contrario de altruista y solidario, y por tanto exclusivamente egoísta.

»Discutí la cuestión conmigo mismo. Fíjate tú, me decía yo, que nacemos pertenecientes a la especie humana, y que tenemos el deber de ser solidarios con todos los hombres. ¿Pero la idea de «deber» era natural? ¿De dónde venía esa idea de «deber»? Si esa idea de deber me obligaba a sacrificar mi bienestar, mi comodidad, mi instinto de conservación y otros instintos míos naturales, ¿en qué divergía la acción de esa idea de la acción de cualquier ficción social, que produce en nosotros exactamente el mismo efecto?

»Esta idea del deber, eso de la solidaridad humana, sólo podría considerarse natural *si trajese consigo una compensación egoísta*, porque entonces, aunque en principio contrariase el egoísmo natural, si le daba a ese egoísmo una compensación, al fin y al cabo, no la contrariaba. Sacrificar un placer, simplemente sacrificarlo, no es natural; sacrificar un placer por otro ya está dentro de la Naturaleza; lo que está bien es escoger una entre dos cosas naturales que no se pueden tener a la vez. Ahora bien, ¿qué compensación egoísta, o natural, podría darme la dedicación a la causa de la sociedad libre y de la futura felicidad humana? Sólo la conciencia del deber cumplido, del esfuerzo para un fin bueno; y ninguna de estas cosas es una compensación egoísta, ninguna de estas cosas es un placer en sí, sino un placer, si lo es, nacido de una ficción, como puede ser el placer de ser inmensamente rico, o el placer de haber nacido en una buena posición social.

»Le confieso, amigo mío, que me vinieron momentos de descreimiento... Me sentí desleal a mi doctrina, traidor a ella... Pero en poco tiempo lo superé. La idea de justicia estaba dentro de mí, pensé. La sentía natural. Sentía que había un deber superior a la preocupación exclusiva por mi destino. Y seguí adelante con mi intención.

–No me parece que esa decisión revelara una gran lucidez de su parte... Usted no resolvió la dificultad... Usted siguió adelante por un impulso absolutamente sentimental...

–Sin duda. Pero lo que le estoy contando ahora es la historia de cómo me volví anarquista, y de cómo seguí, y sigo siéndolo. Le estoy exponiendo lealmente los titubeos y las dificultades que sentí, y cómo las vencí. Estoy de acuerdo en que, en aquel momento, vencí la dificultad lógica con el sentimiento y no con el raciocinio. Pero verá que, más tarde, cuando llegué a la plena comprensión de la doctrina anarquista, esa dificultad, hasta entonces lógicamente sin respuesta, tuvo su solución completa y absoluta.

–Es curioso...

–Lo es... Ahora déjeme continuar con mi historia. Tuve esa dificultad, y la resolví, mal que bien, como le dije. En seguida, y en la línea de mis pensamientos, me surgió otra dificultad que también me entorpeció bastante.

»Vaya, bien estaba que estuviese dispuesto a sacrificarme, sin recompensa alguna personal, es decir, sin recompensa alguna verdaderamente natural. Pero supongamos que la sociedad futura no llegaba a ser nada de lo que yo esperaba, que nunca habría una sociedad libre, ¿por qué demonio, en ese caso, me estaba yo sacrificando? Sacrificarme por una idea sin tener recompensa personal, sin ganar yo nada con mi trabajo por esa idea, pase; pero sacrificarme sin al menos tener la seguridad de que aquello por lo que yo trabajaba existiría un día, *sin que la propia idea ganase con mi esfuerzo,* eso era un poco más fuerte... Desde ahora mismo le digo que resolví la dificultad por el mismo procedimiento sentimental por el que resolví la otra; pero le advierto también que, del mismo modo que la otra, resolví ésta por la lógica, automáticamente, cuando llegué al estado plenamente consciente de mi anarquismo... Después verá... En el momento del que le estoy hablando, salí del apuro con una o dos frases huecas. "Yo cumplía mi deber para con el futuro; el futuro que cumpliese el suyo conmigo"... Esto, o algo por el estilo...

»Expuse esta conclusión, o, mejor, estas conclusiones, a mis camaradas, y ellos estuvieron de acuerdo conmigo; estuvieron de acuerdo en que era necesario seguir adelante y hacer todo por la sociedad libre. Es verdad que alguno que otro, de los más inteligentes, quedó un poco impresionado con la exposición, no porque no estuviese de acuerdo, sino porque nunca había visto las cosas así de claras, ni las dificultades que estas cosas suponen... Pero al fin estuvieron todos de acuerdo... ¡Íbamos a trabajar por la gran revolución social, por la sociedad libre, nos justificase el futuro o no! Formamos un grupo de gente de fiar, y empezamos a hacer una gran propaganda; grande, claro está, dentro de los límites de lo que podíamos hacer. Durante bastante tiempo, entre dificultades, embrollos, y a veces persecuciones, seguimos trabajando por el ideal anarquista.

El banquero, llegado a este punto, hizo una pausa un poco más larga. No encendió el puro, que estaba otra vez apagado. De repente sonrió levemente, y, con el aire de quien llega al punto importante, me miró con más insistencia y prosiguió, clarificando más la voz y acentuando más las palabras.

–En este momento –dijo él– apareció una cosa nueva. «En este momento» es una manera de hablar. Quiero decir que, después de algunos meses de esa propaganda, empecé a reparar en una nueva complicación, y ésta sí que era la más seria de todas, ésta sí que era seria de verdad...

»Usted se acuerda, ¿no es cierto?, de lo que yo, por un raciocinio riguroso, determiné que debería ser el procedimiento de acción de los anarquistas... Un procedimiento, o procedimientos, mediante el cual se contribuyese a destruir las ficciones sociales sin, al mismo tiempo, estorbar la creación de la libertad futura, sin entorpecer, por lo tanto, en cosa alguna la poca libertad de los actuales oprimidos por las ficciones sociales; un procedimiento que, siendo posible, crease ya algo de la libertad futura...

»Pues bien: una vez convenido este criterio, nunca más dejé de tenerlo presente... Pero, mientras hacíamos la propaganda, de la que le estoy hablando, descubrí una cosa. En el grupo de propaganda no éramos muchos; éramos unos cuarenta, salvo error, se daba este caso: *se engendraba tiranía*.

–¿Se engendraba tiranía?... ¿Cómo se engendraba tiranía?

–De la siguiente manera... Unos mandaban en otros y nos llevaban por donde querían; unos se imponían a otros y nos obligaban a ser lo que ellos querían; unos arrastraban a otros por mafias y por artes a donde ellos querían. No digo que hiciesen esto en cosas graves; además, no había allí cosas graves en las que hacerlo. Pero el hecho es que esto ocurría siempre y todos los días, y ocurría no sólo en asuntos relacionados con la propaganda, sino fuera de ellos, en asuntos vulgares de la vida. Unos iban insensiblemente para jefes, otros insensiblemente para subordinados. Unos eran jefes por imposición; otros eran jefes por astucia. Esto se veía hasta en el hecho más simple. Por ejemplo: dos de los muchachos iban juntos por una calle adelante; llegaban al fin de la calle, y uno tenía que irse a la derecha y el otro a la izquierda; a cada uno le convenía irse hacia un lado. Pero el que se iba a la izquierda le decía al otro: «Vente por aquí conmigo»; el otro respondía, y era verdad: «Hombre, no puedo; tengo que ir por allí» por esta o aquella razón... Pero al final, contra su voluntad y su conveniencia, allá se iba con el otro hacia la izquierda... Esto ocurría una vez por persuasión, otra por simple insistencia, una tercera vez por otro motivo cualquiera, y así sucesivamente... Es decir, nunca por una razón lógica; había siempre en esta imposición y en esta subordinación algo de espontáneo, como instintivo... Y como en este caso tan simple, en todos los demás; desde los menos hasta los más importantes... ¿Entiende bien el caso?

–Entiendo. ¿Pero qué hay de extraño en ello? ¡Es lo más natural!...

–Lo será. Ya vamos a eso. Lo que le pido que note es que *es exactamente lo contrario de la doctrina anarquista*. Fíjese bien que esto ocurría en un grupo pequeño, en un grupo sin influencia ni importancia, en un grupo al que no le estaba confiada la solución de ninguna cuestión grave o la decisión sobre ningún asunto de peso. Y fíjese que ocurría en un grupo de gente que se había unido especialmente para hacer lo que pudiese por el anarquismo, es decir, para combatir, en la medida de lo posible, las ficciones sociales, y crear, en la medida de lo posible, la libertad futura. ¿Se ha fijado bien en estos dos puntos?

–Me he fijado.

–Fíjese bien ahora en lo que eso representa... Un grupo pequeño, de gente sincera (¡le aseguro que era sincera!), establecido y unido expresamente para trabajar por la causa de la libertad, había conseguido, al cabo de unos meses, solamente una cosa positiva y concreta: *engendrar entre ellos tiranía*. Y fíjese qué tiranía... No era una tiranía derivada de la acción de las ficciones sociales, que, aunque lamentable, sería disculpable hasta cierto punto, aunque menos en nosotros, que combatíamos esas ficciones, que en otras personas; pero, en fin, vivíamos en medio de una sociedad basada en esas ficciones y no era enteramente culpa nuestra si no podíamos escapar totalmente a su acción. Pero no era eso. Los que mandaban en los demás, o los llevaban adonde querían, no lo hacían por la fuerza del dinero, o de la posición social, o de cualquier autoridad de naturaleza ficticia que se atribuyesen; lo hacían por algún impulso del tipo que fuera ajeno a las ficciones sociales. Quiero decir, esa tiranía era, con relación a las ficciones sociales, *una nueva tiranía*. Y era una tiranía ejercida sobre gente esencialmente oprimida ya por las ficciones sociales. Una tiranía, además, ejercida entre ellos por gente cuya sincera intención no era sino destruir tiranía y crear libertad.

»Ahora aplique usted el caso a un grupo mucho mayor, mucho más influyente, que trata ya de cuestiones importantes y de decisiones de carácter fundamental. Ponga ese grupo encaminando sus esfuerzos, como el nuestro, a la formación de una sociedad libre. Y ahora dígame si a través de ese cargamento de tiranías entrecruzadas entrevé usted alguna sociedad futura que se parezca a una sociedad libre o a una humanidad digna de sí misma...

—Sí: eso es muy curioso...

—Es curioso, ¿no?... Y vea que hay puntos secundarios también muy curiosos... Por ejemplo: la tiranía del auxilio.

—¿La qué?

—La tiranía del auxilio. Había entre nosotros quien, en vez de mandar en los demás, en vez de imponerse a los demás, los auxiliaba en todo cuanto podía. Parece lo contrario, ¿no es cierto? Pues vea que es lo mismo. Es la misma nueva tiranía. La misma manera de ir contra los principios anarquistas.

—¡Ésa sí que es buena! ¿En qué?

—Auxiliar a alguien, amigo mío, es tomar a alguien por incapaz; si ese alguien no es incapaz, es o hacerlo tal, o suponerlo tal, y esto es, en el primer caso, una tiranía, y en el segundo, un desprecio. En un caso se cercena la libertad de otro; en el otro caso se parte, por lo menos inconscientemente, del principio de que el otro es despreciable e indigno o incapaz de libertad.

»Volvamos a nuestro caso... Bien ve usted que este punto era gravísimo. Pase que trabajásemos por la sociedad futura sin esperar que ella nos lo agradeciese, o arriesgándonos, incluso, a que nunca llegara. Todo eso, pase. Pero el colmo era trabajar para un futuro de libertad y no hacer, de positivo, más que crear tiranía, y no sólo tiranía, sino tiranía nueva, y tiranía ejercida por nosotros, los oprimidos, unos sobre otros. Esto era lo que no podía ser...

»Me puse a pensar. Ahí había un error, una desviación del tipo que fuera. Nuestras intenciones eran buenas; nuestras doctrinas parecían acertadas; ¿serían equivocados nuestros métodos? Ciertamente debían de serlo. ¿Pero dónde demonio estaba el error? Me puse a pensar en ello y casi enloquecí. Un día, de repente, como ocurre siempre en estas cosas, descubrí la solución. Fue el gran día de mis teorías anarquistas; el día en que descubrí, por así decirlo, la técnica del anarquismo.

Me miró un instante sin mirarme. Después continuó, en el mismo tono.

—Pensé así... Tenemos aquí una tiranía nueva, una tiranía que no se deriva de las ficciones sociales, ¿entonces de dónde se deriva? ¿Se derivará de las cualidades naturales? Si es así, ¡adiós sociedad libre! Si una sociedad en donde están operando sólo las cualidades naturales de los hombres, las cualidades con que nacen, que deben sólo a la Naturaleza, y sobre las cuáles no tenemos poder alguno, si una sociedad en donde operan sólo esas cualidades es un montón de tiranías, ¿quién va a mover un solo dedo para contribuir a la llegada de esa sociedad? Tiranía por tiranía, que quede la que existe, que al menos es a la que estamos acostumbrados, y que, por lo tanto, fatalmente sentimos menos de lo que sentiríamos una tiranía nueva que tiene el carácter terrible de todas las cosas tiránicas que son directamente de la Naturaleza: el no ser posible la rebelión contra ella, como no hay revolución contra el hecho de tener que morir, o contra el hecho de nacer bajo cuando se hubiese preferido haber nacido alto. Además, ya le he demostrado que, si por cualquier motivo no es realizable la sociedad anarquista, entonces debe existir, por ser más natural que cualquier otra salvo aquélla, la sociedad burguesa.

»Pero esa tiranía, que nacía así entre nosotros, ¿se derivaría realmente de las cualidades naturales? Pues ¿qué son las cualidades naturales? Son el grado de inteligencia, de imaginación, de voluntad, etc., con que cada uno nace; esto en el campo mental, claro está, porque las cualidades naturales físicas no vienen al caso. Ahora bien, un tipo que, sin un motivo derivado de las ficciones sociales, manda en otro forzosamente lo hace por ser superior a él en una u otra de las cualidades naturales. Lo domina utilizando sus cualidades naturales. Pero queda una cosa más: esa utilización de las cualidades naturales ¿será legítima; es decir, será natural?

»¿Pero cuál es el empleo natural de nuestras cualidades naturales? Servir los fines naturales de nuestra personalidad. ¿Dominar a alguien será un fin natural de nuestra personalidad? Puede serlo; hay un caso en que puede serlo: cuando ese alguien ocupa con respecto a nosotros la posición de enemigo. Para el anarquista, naturalmente, quien está en una posición de enemigo es cualquier representante de las ficciones sociales y de su tiranía; nadie más, porque todos los otros hombres son hombres como él y camaradas naturales. Pues, como bien ve usted, el caso de la tiranía que habíamos estado engendrando no era ése; la tiranía que habíamos estado engendrando se ejercía sobre hombres como nosotros, camaradas naturales, y, más aún, sobre hombres dos veces camaradas nuestros, porque lo eran también por la comunión con el mismo ideal. Conclusión: esta nueva tiranía, si no se derivaba de las ficciones sociales, tampoco se derivaba de las cualidades naturales; se derivaba de una aplicación equivocada, de una perversión, de las cualidades naturales. Y esa perversión, ¿de dónde provenía?

»Tenía que provenir de una de estas dos cosas: o de ser el hombre naturalmente malo, y por lo tanto de estar todas las cualidades naturales *naturalmente pervertidas;* o de una perversión resultante de la larga permanencia de la humanidad en una atmósfera de ficciones sociales, todas ellas creadoras de tiranía, y tendente, por lo tanto, a hacer ya instintivamente tiránico el uso más natural de las cualidades más naturales. Pero, de estas dos hipótesis, ¿cuál sería la verdadera? De un modo satisfactorio, es decir, rigurosamente lógico o científico, era imposible determinarlo. El raciocinio no puede entrar en el problema, porque es de orden histórico, o científico, y depende del conocimiento de *hechos.* Por su parte, la ciencia tampoco nos ayuda, porque, por más lejos que retrocedamos en la historia, encontramos siempre al hombre viviendo bajo uno u otro sistema de tiranía social, y por tanto siempre en un estado que no nos permite averiguar cómo es el hombre cuando vive en circunstancias puras y enteramente naturales.

»No habiendo manera de determinarlo con certeza, tenemos que inclinarnos hacia el lado más probable; y el lado más probable está en la segunda hipótesis. Es más natural suponer que la larguísima permanencia de la humanidad en ficciones sociales creadoras de tiranía haga que cada hombre nazca ya con sus cualidades naturales pervertidas en el sentido de tiranizar espontáneamente, incluso en quien no pretenda tiranizar, que suponer que las cualidades naturales pueden ser naturalmente pervertidas, lo que, en cierto modo, representa una contradicción. Por eso el pensador se decide, con una casi absoluta seguridad, como me decidí yo, por la segunda hipótesis.

»Tenemos, pues, que una cosa es evidente... En el estado social presente no es posible que un grupo de hombres, por bien intencionados que estén todos, por preocupados que estén por combatir solamente las ficciones sociales y por trabajar por la libertad, trabajen juntos sin que espontáneamente creen entre sí tiranía, sin crear entre sí una tiranía nueva, suplementaria de la de las ficciones sociales, sin destruir en la práctica todo cuanto quieren en la teoría, sin que involuntariamente entorpezcan lo más posible el fin que quieren promover. ¿Qué hacer? Muy sencillo... Trabajar todos para el mismo fin, *pero separados.*

—¡¿Separados?!
—Sí. ¿No ha seguido mi argumento?
—Lo he seguido.

—¿Y no encuentra lógica, no encuentra fatal esta conclusión?

—La encuentro, sí, la encuentro... Lo que no veo bien es cómo eso...

—Se lo voy a aclarar... He dicho: trabajar todos para el mismo fin, pero separados. Trabajando todos para el mismo fin anarquista, cada uno contribuye con su esfuerzo a la destrucción de las ficciones sociales, que es a lo que se dirige, y a la creación de la sociedad libre del futuro; y trabajando separados no podemos, de modo alguno, crear tiranía nueva, porque ninguno tiene acción sobre otro, y no puede por lo tanto, ni dominándolo, disminuirle la libertad, ni auxiliándolo, apagársela.

»Trabajando así separados y para el mismo fin anarquista tenemos las dos ventajas: la del esfuerzo conjunto y la de la no creación de tiranía nueva. Seguimos unidos, porque lo estamos moralmente y trabajamos del mismo modo para el mismo fin; seguimos anarquistas, porque cada uno trabaja para la sociedad libre; pero dejamos de ser traidores voluntarios o involuntarios, de nuestra causa, dejamos incluso de poder serlo, porque nos colocamos, por el trabajo anarquista aislado, fuera de la influencia deletérea de las ficciones sociales, en su reflejo hereditario sobre las cualidades de la Naturaleza.

»Claro que toda esta táctica se aplica a lo que yo he llamado el *período de preparación* para la revolución social. Arruinadas las defensas burguesas, y reducida la sociedad entera al estado de aceptación de las doctrinas anarquistas, faltando sólo por hacer la revolución social, entonces, para el golpe final, no puede seguir la acción separada. Pero, para entonces, la sociedad libre habrá llegado ya virtualmente; y las cosas serán de otra manera. La táctica a que me refiero concierne sólo a la acción anarquista en medio de la sociedad burguesa, como ahora, como en el grupo al que yo pertenecía.

»Ése era –¡por fin!– el verdadero proceso anarquista. juntos no valíamos nada que importase y, encima, nos tiranizábamos y estorbábamos los unos a los otros y a nuestras teorías. Separados tampoco conseguiríamos mucho, pero al menos no entorpecíamos la libertad, no creábamos tiranía nueva; lo que conseguíamos, por poco que fuese, lo conseguíamos sin desventaja ni pérdida. Y, además, trabajando así, separados, aprendíamos a confiar más en nosotros mismos, a no apoyarnos los unos en los otros, a hacernos más libres, a prepararnos para el futuro, tanto personalmente como a los demás mediante nuestro ejemplo.

»Quedé encantado con este descubrimiento. Fui enseguida a exponérselo a mis camaradas... Fue una de las pocas veces en que fui estúpido en mi vida. ¡Figúrese usted que estaba tan contento con mi descubrimiento que esperaba que estuviesen de acuerdo!...

—Claro que estuvieron de acuerdo...

—¡Se echaron para atrás, amigo mío! ¡Se echaron para atrás! Unos más, otros menos, ¡todo el mundo protestó!... ¡No era eso! ¡Eso no podía ser!... Pero nadie decía lo que era o lo que tenía que ser. Argumenté y argumenté, y, en respuesta a mis argumentos, no obtuve sino frases, basura, cosas como las que los ministros responden en las cámaras cuando no tienen respuesta alguna... ¡Entonces sí que vi con qué bestias y con qué cobardes andaba yo metido! Se desenmascararon. Aquella chusma había nacido para esclavos. Querían ser anarquistas a costa ajena. ¡Querían la libertad, siempre que fuesen los demás los que se la consiguiesen, siempre que les fuese dada como un rey da un título! ¡Casi todos ellos son así, los muy lacayos!

—¿Y usted se enfadó?

—¡Si me enfadé! ¡Me enfurecí! Casi me lío a golpes. Perdí los estribos. Casi me pegué con dos o tres. Y acabé por marcharme. Me aislé. ¡No se imagina el asco que me dio aquel rebaño de borregos! Estuve a punto de perder la fe en el anarquismo. Casi decidí no preocuparme más por todo aquello. Pero, pasados unos días, volví en mí. Pensé que el ideal anarquista estaba por encima de esas antipatías. ¿No querían ser ellos anarquistas? Pues lo sería yo. ¿Querían sólo jugar a los libertarios? Para jugar a eso no estaba yo. ¿Que ellos tenían fuerza para combatir sólo si estaban arrimados los unos a los otros, y creando, entre sí, un simulacro nuevo de la tiranía que decían querer combatir? Pues que lo hiciesen, los tontos, si no servían para nada más. Yo no sería burgués por tan poco.

»Estaba claro que, en el verdadero anarquismo, cada uno tiene que crear libertad y combatir las ficciones sociales por sus propias fuerzas. Pues por mis propias fuerzas iba yo a crear libertad y a combatir las ficciones sociales. ¿Que nadie quería seguirme en el verdadero camino anarquista? Pues iría yo por él. Iría yo solo, con mis recursos, con mi fe, sin ni siquiera el apoyo mental de los que habían sido mis camaradas, contra todas las ficciones sociales. No digo que fuese un gesto bello, ni un gesto heroico. Fue simplemente un gesto natural. Si el camino tenía que ser seguido por cada uno separadamente, yo no necesitaba a nadie más para seguirlo. Bastaba mi ideal. Basado en esos principios y en esas circunstancias fue como decidí (yo solo) combatir las ficciones sociales.

Suspendió un momento el discurso, que se había hecho caluroso y fluido. Prosiguió en seguida, con la voz ya más sosegada.

—Hay un estado de guerra, pensé yo, entre mi persona y las ficciones sociales. Muy bien. ¿Qué puedo yo hacer contra las ficciones sociales? Trabajar en solitario, para no poder, en modo alguno, crear tiranía. ¿Cómo puedo yo colaborar en solitario en la preparación de la revolución social, en la preparación de la humanidad para la sociedad libre? Tengo que escoger uno de los procedimientos, uno de los dos procedimientos que hay; en el caso, claro, de que no pueda servirme de ambos. Los dos procedimientos son la acción indirecta, esto es, la propaganda, y la acción directa de cualquier especie.

»Pensé primero en la acción indirecta, esto es, en la propaganda. ¿Qué propaganda podría hacer yo solo? Aparte de la propaganda que va haciendo uno en la conversación con éste o con aquél, al azar y valiéndonos de todas las oportunidades, lo que yo quería saber era si la acción indirecta constituía una vía por donde pudiese encaminar mi actividad de anarquista enérgicamente, es decir, de modo que produjese resultados sensibles. Vi en seguida que no podía ser. No soy orador y tampoco soy escritor. Es decir: soy capaz de hablar en público, si es necesario, y soy capaz de escribir un artículo en el periódico; pero lo que yo quería averiguar era si mi talante natural indicaba que, especializándome en la acción indirecta de cualquiera de las dos especies o en ambas, podría yo obtener resultados más positivos para la idea anarquista que especializando mis esfuerzos en cualquier otro sentido. Ahora bien, la acción es siempre más provechosa que la propaganda, excepto para los individuos cuyo talante los designa esencialmente como propagandistas: los grandes oradores, capaces de electrizar multitudes y arrastrarlas tras de sí, o los grandes escritores, capaces de fascinar y convencer con sus libros. No me parece que sea yo muy vanidoso, pero, si lo soy, al menos no me da por envanecerme de las cualidades que no tengo. Y, como le he dicho, nunca me ha dado por creerme orador o escritor. Por eso abandoné la idea de la acción indirecta como camino por el que encarrilar mi actividad de anarquista. Por exclusión, me veía forzado a escoger la acción directa, es decir, el esfuerzo aplicado a la práctica de la vida, a la vida real. No era la inteligencia, sino la acción. Muy bien. Así sería.

»Tenía yo pues que aplicar a la vida práctica el procedimiento fundamental de acción anarquista que ya había esclarecido: combatir las ficciones sociales sin crear tiranía nueva, creando, si era posible, algo de la libertad futura. ¿Y cómo diablos se hace eso en la práctica?

»¿Pero qué es combatir en la práctica? Combatir en la práctica es la guerra, es *una* guerra, al menos. ¿Cómo se hace la guerra a las ficciones sociales? Ante todo, ¿cómo se hace la guerra? ¿Cómo se vence al enemigo en cualquier guerra? De una de dos maneras: o matándolo, es decir, destruyéndolo; o aprisionándolo, es decir, subyugándolo, reduciéndolo a la inactividad. *Destruir* las ficciones sociales no podía hacerlo yo: *destruir* las ficciones sociales sólo podía hacerlo la revolución social. Hasta entonces, las ficciones sociales podían estar alteradas, tambaleando, pendientes de un hilo; pero *destruidas,* sólo lo estarían con la llegada de la sociedad libre y la caída incuestionable de la sociedad burguesa. Lo más que podía hacer en ese sentido era destruir –destruir en el sentido físico de matar– a algún que otro miembro de las clases representativas de la sociedad burguesa. Estudié el caso y vi que era un disparate. Suponga usted que mataba a uno o dos, o a una docena de representantes de la tiranía de las ficciones sociales... ¿Resultado? ¿Quedaban las ficciones sociales más debilitadas? No. Las ficciones sociales no son como una situación política que puede depender de un pequeño número de hombres, de un solo hombre en ocasiones. Lo que hay de malo en las ficciones sociales son ellas mismas, en su conjunto, y no los individuos que las representan, si no es por ser representantes de ellas. Además, un atentado de orden social produce siempre una reacción; no sólo queda todo igual, sino que, las más de las veces, empeora. Y, encima, suponga, como es natural, que, después del atentado, me cazaban; me cazaban y me liquidaban, de una manera u otra. Y suponga que yo hubiera liquidado a una docena de capitalistas. En resumen, ¿a qué conduciría todo aquello? Al ser yo liquidado, aunque no estuviera muerto, sino sencillamente encarcelado o desterrado, la causa anarquista perdía un elemento de combate; y los doce capitalistas que yo había liquidado no eran elementos que la sociedad hubiera perdido, porque los elementos componentes de la sociedad burguesa no son elementos de combate, sino elementos puramente pasivos, puesto que el «combate» está no en los miembros de la sociedad burguesa, sino en el conjunto de las ficciones sociales en que esa sociedad se basa. Pero las ficciones sociales no son gente a la que se le pueda pegar tiros... ¿Me entiende usted? No sería como el soldado de un ejército que mata a doce soldados de un ejército contrario; sería como el soldado que mata a doce civiles del país del otro ejército. Es matar estúpidamente, porque no se elimina a combatiente alguno... Yo no podía por lo tanto pensar en *destruir*, ni total ni parcialmente, las ficciones sociales. Tenía, pues, que subyugarlas, vencerlas subyugándolas, reduciéndolas a la inactividad.

Me señaló de repente con el índice:

—¡Eso fue lo que hice!

Retiró en seguida el gesto, y continuó.

—Procuré ver cuál era la primera, la más importante de las ficciones sociales. Sería ésa, más que ninguna otra, la que me cabría intentar subyugar, intentar reducir a la inactividad. La más importante, de nuestra época por lo menos, es el dinero. ¿Cómo subyugar el dinero, o, para decirlo con mayor precisión, la fuerza o la tiranía del dinero? Liberándome de su influencia, de su fuerza, superior a su influencia, reduciéndolo a la inactividad en lo que *a mí* me atañía. En lo que *a mí* me atañía, ¿me entiende usted?, porque era *yo* el que lo combatía; si fuera a reducirlo a la inactividad en lo que a todo el mundo respecta, eso no sería ya subyugarlo, sino *destruirlo,* porque sería acabar del todo con la ficción del dinero. Ahora bien, le he demostrado que cualquier ficción social sólo puede ser «*destruida*» por la revolución social, arrastrada con las otras en la caída de la sociedad burguesa.

»¿Cómo podía yo hacerme superior a la fuerza del dinero? El procedimiento más sencillo era alejarme de la esfera de su influencia, es decir, de la civilización; irme al campo a comer raíces y a beber el agua de los manantiales; andar desnudo y vivir como un animal. Pero esto, aunque no hubiese dificultad en hacerlo, no sería combatir una ficción social; no sería ni siquiera combatir: sería escapar. Realmente, cuando uno rehúye el combate, no es derrotado en él. Pero moralmente es derrotado. Porque no se ha batido. El procedimiento tenía que ser otro, un procedimiento de combate y no de fuga. ¿Cómo subyugar el dinero, combatiéndolo? ¿Cómo hurtarme a su influencia y tiranía sin evitar su encuentro? El procedimiento era sólo uno: *adquirirlo,* adquirirlo en cantidad bastante para no sentir su influencia; y cuanta más cantidad adquiriese, tanto más libre estaría de esa influencia. Cuando vi esto claramente, con toda la fuerza de mi convicción de anarquista y toda mi lógica de hombre lúcido, fue cuando entré en la fase actual de mi anarquismo, la comercial y bancaria, amigo mío.

Descansó un momento de la violencia, nuevamente creciente, provocada por el entusiasmo de su exposición. Después continuó, aún con un cierto calor, su relato.

—¿Se acuerda usted de aquellas dos dificultades lógicas que le dije que me habían surgido al principio de mi carrera de anarquista consciente?... ¿Y se acuerda de que le dije que en aquel entonces las resolví artificialmente, por el sentimiento y no por la lógica? Es decir, usted mismo indicó, y muy bien, que no las había resuelto por la lógica...

—Me acuerdo, sí...

—¿Y se acuerda de que le dije que más tarde, cuando acerté por fin con el verdadero procedimiento anarquista, las resolví definitivamente, es decir, por la lógica?

—Sí.

—Pues vea ahora cómo quedaron resueltas... Las dificultades eran éstas: no es *natural* trabajar por cualquier cosa, sea lo que fuere, sin una compensación *natural,* es decir, egoísta; y no es *natural* entregar nuestro esfuerzo a cualquier fin sin tener la compensación de saber que *ese fin se alcanza*. Las dos dificultades eran éstas; ahora fíjese cómo quedan resueltas por el procedimiento de trabajo anarquista que mi raciocinio me llevó a descubrir como el único verdadero... El procedimiento da como resultado el enriquecerme; *por tanto, compensación egoísta.* El procedimiento persigue la consecución de la libertad; pues yo, haciéndome superior a la fuerza del dinero, esto es, liberándome de ella, *consigo libertad.* Consigo libertad sólo para mí, es cierto; pero es que como ya le he demostrado, la libertad para todos sólo puede llegar con la destrucción de las ficciones sociales, por la revolución social, y yo, por mí mismo, no puedo hacer la revolución social. El punto concreto es éste: persigo libertad, consigo libertad; consigo la libertad que puedo, porque, claro está, no puedo conseguir la que no puedo... Y vea usted: aparte del razonamiento que determina este procedimiento anarquista como el único verdadero, el que resuelva automáticamente las dificultades lógicas que pueden oponerse a cualquier procedimiento anarquista demuestra que es el único verdadero.

»Y éste fue el procedimiento que seguí. Arrimé el hombro a la empresa de subyugar la ficción dinero, enriqueciéndome. Y lo conseguí. Pasó cierto tiempo, porque la lucha fue grande, pero lo conseguí. Es inútil contarle lo que fue y lo que ha sido mi vida comercial y bancaria. Podría ser interesante, en ciertos aspectos sobre todo, pero sería ajeno al asunto. Trabajé, luché, gané dinero; trabajé más, luché más, gané más dinero; finalmente gané mucho dinero. No miré a métodos; se lo confieso, amigo mío, que no miré a métodos; empleé todos: el acaparamiento, el sofisma financiero, la propia competencia desleal. ¿Por qué no? ¿Combatía las ficciones sociales, inmorales y antinaturales por excelencia, e iba a mirar a métodos? Yo trabajaba por la libertad, ¿iba a mirar a las armas con que combatía la tiranía? El anarquista estúpido, que tira bombas y pega tiros, sabe muy bien que mata, y sabe muy bien que sus doctrinas no incluyen la pena de muerte. Ataca una inmoralidad con un crimen, porque cree que su destrucción bien vale un crimen. El anarquista es estúpido en cuanto al procedimiento, porque, como le he demostrado, ese procedimiento es equivocado y contraproducente *como procedimiento anarquista;* pero en cuanto a la *moral* del procedimiento, es inteligente. Pues mi procedimiento era acertado, y yo me servía legítimamente, como anarquista, de todos los medios para enriquecer. Hoy he realizado mi limitado sueño de anarquista práctico y lúcido. Soy libre. Hago lo que quiero, dentro de los límites, claro está, de lo que es posible hacer. Mi lema de anarquista era la libertad; pues bien, tengo la libertad, la libertad que, de momento, en nuestra sociedad imperfecta, es posible tener. Quise combatir las fuerzas sociales; las combatí, y, lo que es más, las he vencido.

–¡Alto ahí! ¡Alto ahí! –dije yo–. Eso estará todo muy bien, pero hay una cosa que usted no ha visto. Las condiciones de su procedimiento eran, como usted ha demostrado, no sólo crear libertad, sino también no *crear tiranía*. Pero usted ha creado tiranía. Usted como acaparador, como banquero, como financiero sin escrúpulos, perdone, pero usted mismo lo ha dicho, usted ha creado tiranía. Ha creado tanta tiranía como cualquier otro representante de esas ficciones sociales que usted dice que combate.

–No, amigo mío, se equivoca. Yo no he creado tiranía. La tiranía, que puede haber resultado de mi acción de combate contra las ficciones sociales, es una tiranía que no parte de mí, que por tanto yo no he creado; *está en las ficciones sociales, yo no se la he añadido*. Esa tiranía es la *tiranía propia de las ficciones sociales;* yo no podía, ni me propuse nunca, *destruirlas*. Se lo repito por centésima vez: sólo la revolución social puede *destruir* las ficciones sociales; antes de eso, una acción anarquista perfecta, como la mía, sólo puede *subyugar* las ficciones sociales, subyugarlas en relación sólo con el anarquista que pone ese procedimiento en práctica, porque ese procedimiento no permite una más larga sumisión de esas ficciones. No se trata de no crear tiranía: se trata de no crear *tiranía nueva,* de no crear tiranía *donde no la había.* Los anarquistas, trabajando en conjunto, influyéndose unos a otros como ya le he dicho, crean una tiranía *entre ellos,* fuera y aparte de las ficciones sociales; *ésa* sí que es una tiranía nueva. Ésa, yo no la he creado. No podía, incluso, crearla, *por las condiciones mismas de mi procedimiento.* No, amigo mío; yo sólo he creado libertad. He liberado a *uno.* Me he liberado a mí mismo. Y es que mi procedimiento, que es, como le he demostrado, el único verdadero procedimiento anarquista, no me ha permitido liberar más. Lo que he podido liberar, lo he liberado.

–Está bien... De acuerdo... Pero tenga en cuenta que ese argumento casi le lleva a uno a creer que ningún representante de las ficciones sociales ejerce tiranía...

–Y no la ejerce. La tiranía es de las ficciones sociales y no de los hombres que las encarnan; ésos son, por así decirlo, los *medios* de que se sirven las ficciones para tiranizar, como el cuchillo es el medio de que puede servirse el asesino. Y seguro que usted no cree que aboliendo los cuchillos abolimos a los asesinos... Mire... Destruya usted *a todos* los capitalistas del mundo, pero *sin destruir el capital...* Al día siguiente el capital, en manos ya de otros, seguirá, por medio de *ésos,* su tiranía. Destruya no a los capitalistas, sino el capital; ¿cuántos capitalistas quedan?... ¿Lo ve?...

—Sí; tiene usted razón.

—Hijo mío, lo máximo, lo máximo, lo máximo de que puede usted acusarme es de aumentar un poco, muy, muy poco, la tiranía de las ficciones sociales. El argumento es absurdo, porque, como ya le he dicho, la tiranía que yo no debía crear, y no he creado, es otra. Pero hay otro punto débil: que, por el mismo razonamiento, usted puede acusar a un general, que combate por su país, de causarle el perjuicio que supone la muerte de los hombres *de su propio ejército* que tuvo que sacrificar para vencer. Quien va a la guerra, las da y las toma. Consígase lo principal; el resto...

—Muy bien... Pero hay otra cosa... El verdadero anarquista quiere la libertad no sólo para él, sino también para los demás... Me parece que quiere la libertad para la humanidad entera...

—Sin duda. Pero ya le he dicho que, según el procedimiento que descubrí que era el único procedimiento anarquista, cada uno tiene que liberarse a sí mismo. Yo me he liberado a mí; he cumplido con mi deber simultáneamente para conmigo y para con la libertad. ¿Por qué los demás, mis camaradas, no han hecho lo mismo? Yo no se lo he impedido. Ése sí que hubiera sido el crimen, que se lo hubiese impedido. Pero yo ni siquiera se lo impedí ocultándoles el verdadero procedimiento anarquista; en cuanto descubrí el procedimiento, se lo dije claramente a todos. El propio procedimiento me impedía hacer más. ¿Qué más podía yo hacer? ¿Obligarles a seguir el camino? Aunque pudiese hacerlo, no lo haría, porque sería quitarles la libertad, y eso iría en contra de mis principios anarquistas. ¿Auxiliarlos? Tampoco podía ser, por la misma razón. Yo nunca ayudé, ni ayudo, a nadie, porque eso, al disminuir la libertad ajena, va también en contra de mis principios. Usted lo que me está censurando es que no soy más que una sola persona. ¿Por qué me censura que haya cumplido mi deber de liberar, hasta donde yo podía cumplirlo? ¿Por qué no los censura mejor a ellos por no haber cumplido el suyo?

—Sí, hombre. Pero ellos no han hecho lo que usted, naturalmente, porque eran menos inteligentes que usted, o tenían menos fuerza de voluntad, o...

—Ah, amigo mío: ésas son ya desigualdades naturales, y no sociales... Con ésas sí que el anarquismo no tiene nada que ver. El grado de inteligencia o de voluntad de un individuo es cosa de él y de la Naturaleza; las ficciones sociales no entran ni salen en el asunto. Hay cualidades naturales, como yo ya le he dicho, que presumiblemente se pervierten por la larga permanencia de la humanidad entre ficciones sociales; pero la perversión no está en el *grado* de la calidad, que la da exclusivamente la Naturaleza, sino en la *aplicación* de la calidad. Ahora bien, una cuestión de estupidez o de falta de voluntad no tiene que ver con la aplicación de esas cualidades, sino sólo con su grado. Por eso le digo: ésas son ya, absolutamente, desigualdades naturales, y sobre ésas nadie tiene poder alguno, ni hay modificación social que las modifique, como no me puede hacer a mí alto o a usted bajo...

»A no ser... A no ser que, en el caso de esos tipos la perversión hereditaria de las cualidades naturales vaya tan lejos que alcance el propio fondo del temperamento... que un tipo nazca para esclavo, y, por tanto, sea incapaz de cualquier esfuerzo tendente a liberarse... Pero en ese caso... en ese caso... ¿qué tienen ellos que ver con la sociedad libre, o con la libertad?... Si un hombre ha nacido para esclavo, la libertad, al ser contraria a su índole, será para él una tiranía.

Hubo una pequeña pausa. De repente me reí en alto.

—Realmente —dije yo—, es usted anarquista. En todo caso, da ganas de reír, aun después de haberlo oído, comparar lo que es usted con lo que son los anarquistas que hay por ahí...

—Amigo mío, ya se lo he dicho, ya se lo he demostrado, y ahora se lo repito... La diferencia es sólo ésta: ellos son anarquistas sólo teóricos, yo soy teórico y práctico; ellos son anarquistas místicos, y yo científico; ellos son anarquistas que se agachan, yo soy un anarquista que combate y libera. En una palabra: ellos son seudoanarquistas, y yo soy anarquista.

Y nos levantamos de la mesa.

Una cena muy original*

Dime lo que comes y te diré quién eres.

Alguien

1

Fue durante la decimoquinta sesión anual de la Sociedad Gastronómica de Berlín cuando el presidente, Herr Prosit, hizo a sus miembros la famosa invitación. La sesión era por supuesto un banquete. A los postres se había engendrado una enorme discusión sobre la originalidad en el arte culinario. La época era mala para todas las artes. Estaba en decadencia la originalidad. También en la gastronomía había decadencia y debilidad. Todos los productos de la *cuisine* que se llamaban «nuevos» no eran más que variantes de platos ya conocidos. Una salsa diferente, un modo levemente distinto de condimentar o sazonar –así se

* Manuscrito en inglés, junio de 1907.

distinguía el plato más reciente del que existía antes–. No había verdaderas novedades. Había tan sólo innovaciones. Todas estas cosas se lamentaron durante el banquete con clamor unánime, en variados tonos y con diversos grados de vehemencia.

Si bien había en la discusión calor y convicción, se hallaba entre nosotros un hombre que, aunque no era el único que estaba en silencio, sí era, sin embargo, el único cuyo silencio se hacía notar, pues de él, más que de todos, sería de esperar que interviniese. Este hombre era, evidentemente, Herr Prosit, que presidía la Sociedad y esta reunión. Herr Prosit fue el único que no mostró interés por la discusión; su actitud no implicaba desatención, sino sólo el deseo de guardar silencio. Se echaba de menos la autoridad de su voz. Estaba pensativo, él, Prosit; estaba callado –él, Prosit; estaba serio–, él, Wilhelm Prosit, presidente de la Sociedad Gastronómica.

El silencio de Herr Prosit fue, para la mayoría de los hombres, algo extraño. Parecía (valga la comparación) una tempestad. El silencio no era su esencia. Permanecer callado no era su naturaleza. Y, tal como una tempestad (para mantener la comparación), si alguna vez guardaba silencio, era un descanso y un preludio de una explosión mayor que todas. Ésta era la opinión que había sobre él.

El Presidente era un hombre notable bajo numerosos aspectos. Era un hombre alegre y sociable, pero siempre con una vivacidad anormal, con un comportamiento ruidoso que parecía revelar una disposición permanentemente antinatural. Su sociabilidad parecía patológica; su ingenio y sus bromas, aunque no parecían en modo alguno forzados, parecían empujados desde dentro por una facultad del espíritu que no era la facultad del ingenio. Su amor parecía falso, su agitación, naturalmente postiza.

En compañía de los amigos –y tenía muchos– mantenía una corriente constante de diversión, todo él era alegría y risa. Sin embargo, es de notar que este hombre extraño no revelaba en los rasgos habituales del rostro una expresión de diversión o alegría. Cuando dejaba de reír, cuando se olvidaba de sonreír, parecía caer, por el contraste que el rostro traicionaba, en una seriedad que no era natural, algo hermanada con el dolor.

Si ello era debido a una fundamental infelicidad de su carácter, o a un disgusto de su vida pasada, o a cualquier otra enfermedad del espíritu, yo, que cuento esto, no sabría decirlo. Además, esta contradicción de su carácter, o, por lo menos, de sus manifestaciones, no las notaba más que el observador atento; los demás no las veían, ni había necesidad de que lo hicieran.

Así como de una noche de tormentas, que se siguen unas a otras con intervalos, un testigo dice que toda la noche fue una noche de tormenta, olvidando las pausas entre los períodos de violencia y clasificando la noche por la característica que más le impresionó, del mismo modo, siguiendo una tendencia de la humanidad, se decía que Prosit era un hombre alegre, porque lo que más llamaba la atención en él era el ruido que hacía al manifestar su buen humor, el estrépito de su alegría. En la tormenta, el testigo olvida el profundo silencio de las pausas. En este hombre olvidábamos fácilmente, ante su risa salvaje, el silencio triste, el peso taciturno de los intervalos de su naturaleza social.

El rostro del Presidente, lo repito, poseía también, y traicionaba, esta contradicción. Le faltaba imaginación a aquel rostro que reía. Su perpetua sonrisa parecía la mueca grotesca de aquellos en cuyo rostro da el sol; en aquéllos, la contracción natural de los músculos ante una luz fuerte; en *éste,* una expresión perpetua, extremadamente antinatural y grotesca.

Se comentaba (entre quienes sabían cómo era) que había escogido una vida animada para escapar a una enfermedad de los nervios o, como mucho, a una morbosidad familiar, pues era hijo de un epiléptico y tenía como antepasados, por no mencionar a muchos libertinos ultraextravagantes, a varios neuróticos inconfundibles. Quizá él mismo fuese un enfermo de los nervios. Pero de esto no hablo con ninguna seguridad.

Lo que puedo presentar como verdad indudable es que a Prosit lo trajo a la sociedad de que estoy hablando un joven oficial, también amigo mío y un tipo divertido, que lo había descubierto por ahí, habiéndole parecido muy graciosas algunas de sus bromas.

Esta sociedad –en la que Prosit se movía– era, a decir verdad, una de esas dudosas sociedades marginales, que no son raras, formadas por elementos de clases altas y bajas en una curiosa síntesis comparable a una transformación química, pues muchas veces tienen un carácter nuevo, propio, diferente del de sus elementos. Ésta era una sociedad cuyas *artes* –tienen que llamarse *artes*– eran comer, beber y hacer el amor. Era *artística,* sin duda. Era grosera, aún con menos duda. Y reunía estas cosas sin disonancia.

De este grupo de personas, socialmente inútiles, humanamente nada, era Prosit el jefe, porque era el más grosero de todos. Es obvio que no puedo entrar en la psicología, simple pero intrincada, de este caso. No puedo explicar aquí la razón que había conducido a escoger al jefe de esta sociedad entre su camada inferior. A lo largo de toda la literatura se ha gastado mucha sutileza, mucha intuición, en casos como éste. Son manifiestamente patológicos. Poe, creyendo que se reducen a uno solo, dio a los complejos sentimientos que los inspiran el nombre general de *perversidad.* Pero estoy contando este caso, y no otros. El elemento femenino de la sociedad provenía, hablando en términos convencionales, de abajo; el elemento masculino, de arriba. El pilar de esta combinación, el guión de este compuesto –o mejor dicho, el agente catalizador de esta transformación química–, era mi amigo Prosit. Los centros, los lugares de reunión de la sociedad eran dos: un determinado restaurante o el respetable hotel X, según fuese la fiesta una orgía vacía de ideas, o una sesión casta, masculina, artística, de la Sociedad Gastronómica de Berlín. En cuanto a la primera, es imposible intentar describirla; no es siquiera posible una sugerencia que no raye en la indecencia, pues Prosit no era normalmente grosero, lo era anormalmente; su influencia rebajaba el designio de los más bajos deseos de sus amigos. En cuanto a la Sociedad Gastronómica, ésa era mejor; representaba el lado espiritual de las aspiraciones concretas de aquel grupo.

Acabo de decir que Prosit era grosero. Es verdad: era grosero. Su exuberancia era grosera, su humor se manifestaba groseramente. Informo de todo ello con cuidado. No escribo una alabanza ni una calumnia. Estoy describiendo un personaje lo más rigurosamente que puedo. Tal como lo permite la visión de mi espíritu, sigo las huellas de la verdad.

Pero Prosit era grosero, de eso no hay duda. Pues incluso en la sociedad en la que, por estar en contacto con elementos socialmente elevados, se veía a veces forzado a vivir, no perdía mucho de su brutalidad innata. Se entregaba a ella semiconscientemente. Sus bromas no siempre eran inofensivas o agradables; eran casi todas groseras, si bien que, para los que eran capaces de apreciar lo esencial de tales exhibiciones, fuesen lo bastante divertidas, lo bastante ingeniosas, lo bastante bien imaginadas.

El mejor aspecto de esta falta de educación era su carácter impulsivo, su ardor. Pues el Presidente se empeñaba con ardor en todas las cosas en las que se metía, especialmente en empresas culinarias y líos amorosos; en las primeras era un poeta del sabor, con una imaginación que aumentaba día a día; en los otros, la bajeza de carácter se revelaba siempre en su aspecto más horrible. Con todo, no podía dudarse de su ardor ni de la impulsividad de su alegría. Arrastraba a los demás por la violencia de su energía, les insuflaba ardor, les fortalecía los impulsos sin darse cuenta de que lo hacía. Pero su ardor era para sí mismo, era una necesidad orgánica; no tenía por objeto una relación con el mundo exterior. Es verdad que este ardor no se aguantaba mucho tiempo; pero, mientras duraba, su influencia era un ejemplo, aunque inconsciente, era inmensa.

Pero nótese que, si el Presidente era ardiente, impulsivo, grosero y rudo en el fondo, era, con todo, un hombre que nunca se enfadaba. Nunca. Nadie conseguía enfurecerlo. Además, de eso, siempre estaba dispuesto a agradar, siempre pronto a evitar una discusión. Parecía estar siempre deseoso de que todo el mundo se llevase bien con él. Era curioso observar cómo reprimía su ira, cómo la dominaba con una firmeza que nadie creería que existiese en él, mucho menos quien lo conocía como impulsivo y ardiente, sus amigos más íntimos.

Creo que era sobre todo debido a esto por lo que Prosit era tan apreciado. De hecho, quizá teniendo en cuenta que era grosero, brutal, impulsivo, pero que nunca se portaba con brutalidad por razones de furia o agresividad, nunca era impulsivo por enfado; quizá nosotros, teniendo todo esto en cuenta inconscientemente, basáramos en ello su amistad. Además, estaba el hecho de que siempre se hallaba dispuesto a agradar y a ser amable. En cuanto a su grosería, entre hombres eso tenía poca importancia, pues el Presidente era un buen compañero.

Es obvio, por lo tanto, y ahora, que el atractivo (por así decirlo) de Prosit residía en esto: no era susceptible a la ira, deseaba sinceramente agradar, había una fascinación especial en su exuberancia grosera, quizá incluso, en última instancia, también en la intuición inconsciente del leve enigma que él mismo era.

¡Basta! Mi análisis de la figura de Prosit, quizá excesiva en detalles, es con todo deficiente; porque, según creo, le faltan o han quedado sin relieve los elementos que permiten una síntesis final. Me aventuré en dominios que superan mi capacidad, que no iguala la claridad del deseo. Por eso no diré más.

Con todo, una cosa permanece en la superficie de todo lo que he dicho: el aspecto externo del personaje del Presidente. Queda claro que, sean cuales fueren los designios imaginables, Herr Prosit era un hombre alegre, un tipo extraño, un hombre habitualmente alegre, que impresionaba a los demás hombres con su alegría, un hombre prominente en su sociedad, un hombre que tenía muchos amigos. Como daban el tono de la sociedad de hombres en que vivía, es decir, como creaban ambiente, sus tendencias groseras desaparecían por ser excesivamente obvias, pasaban gradualmente al dominio del inconsciente, no se notaban, terminaban por ser imperceptibles.

La cena había llegado a su fin. La conversación aumentaba, en el número de los que hablaban, en el ruido de sus voces combinadas, discordantes, entremezcladas. Prosit seguía callado. El principal orador, el Capitán Greiwe, discurseaba líricamente. Insistía en la falta de imaginación (así la llamaba) improductiva de los modernos platos.

Se entusiasmó. En el arte de la gastronomía, observó, eran siempre necesarios nuevos platos. Era estrecha su manera de ver, restringida al arte que conocía. Argumentó de manera equivocada, dio a entender que sólo en la gastronomía tenía valor dominante la novedad. Y esto puede haber sido una forma sutil de decir que la gastronomía era la única ciencia y el único arte.

–¡Bendito arte –gritó el Capitán–, cuyo conservadurismo es una revolución permanente! De éste podría decir –continuó– lo que Schopenhauer dice del mundo, que se mantiene por su propia destrucción.

–Y usted, Prosit –dijo un miembro que estaba sentado en la extremidad de la mesa, al notar el silencio de Prosit–. ¡Usted, Prosit, no ha dado aún su opinión! ¡Diga usted algo, hombre! ¿Está distraído? ¿Está melancólico? ¿Está enfermo?

Todo el mundo miró al Presidente. El Presidente les sonrió a su manera habitual, maliciosa, misteriosa, medio sin humor. Pero esta sonrisa tenía un significado: prenunció de algún modo la extrañeza de las palabras del Presidente.

El Presidente rompió el silencio que se había hecho para la respuesta que se aguardaba.

–Tengo una propuesta que hacer, una invitación –dijo–. ¿Me conceden su atención? ¿Puedo hablar?

Cuando dijo esto, el silencio pareció hacerse más profundo. Todos los ojos se volvieron hacia él. Todas las acciones y gestos se pararon en donde estaban, porque la atención se extendió a todos.

—Señores —empezó Herr Prosit—, voy a invitarlos a una cena. Afirmo que nunca habrán ido a ninguna semejante. Mi invitación es simultáneamente un desafío. Después lo explicaré.

Hubo una ligera pausa. Nadie se movió, excepto Prosit, que apuró un vaso de vino.

—Señores —repitió el Presidente, de una forma elocuentemente directa—, mi desafío a cualquier hombre reside en el hecho de que dentro de diez días daré un nuevo género de cena, *una cena muy original*. Considérense invitados.

Murmullos pidiendo una explicación, preguntas, llovieron de todas partes. ¿Por qué ese género de invitación? ¿Qué había querido decir? ¿Qué había propuesto? ¿Por qué esa oscuridad de expresión? Hablando claramente, ¿cuál había sido el desafío que había hecho?

—En mi casa —dijo Prosit—, en la plaza.

—Bien.

—¿Va a trasladar a su casa el lugar de reunión de la sociedad? —preguntó un miembro.

—No; es sólo para esta ocasión.

—¿Y va a ser algo así tan original, Prosit? —preguntó obstinadamente un miembro, que era curioso.

—Muy original. Una novedad absoluta.

—¡Bravo!

—La originalidad de la cena —dijo el Presidente, como quien habla después de reflexionar— no está en lo que tiene o parece, sino en lo que significa, en lo que contiene. Desafío a cualquier hombre de los que aquí están (y, para el caso, podría decir cualquier hombre en cualquier parte) a que diga, después de terminada, en qué es original. Les aseguro que nadie lo adivinará. Éste es mi desafío. Quizá hayan pensado que era que ninguno de ustedes podría dar un banquete más original. Pero no, no es eso; es lo que he dicho. Como ven, es mucho más original. Es más original de lo que puedan esperar.

—¿Podemos saber? —preguntó un miembro— el motivo de su invitación?

—Me obligaron a ello —explicó Prosit, y había una expresión sarcástica en su mirada decidida— por una discusión que tuve antes de la cena. Algunos de mis amigos aquí presentes habrán oído la disputa. Pueden informar a los que quieran saber qué pasó. Mi invitación está hecha. ¿La aceptan?

—¡Claro! ¡Claro! —fue el grito que se oyó desde todos los puntos de la mesa.

El Presidente inclinó la cabeza, sonrió; absorto en la diversión que le producía alguna visión interior, recayó en el silencio.

Cuando Herr Prosit terminó su asombroso desafío e invitación, las conversaciones a que se entregaron separadamente los miembros recayeron sobre su verdadero motivo. Algunos eran de la opinión de que se trataba de una broma más del Presidente; otros, que Prosit deseaba afirmar una vez más su habilidad culinaria, lo que era racionalmente gratuito, aunque agradable para la vanidad de cualquier hombre en su arte, puesto que (decían ellos) nadie se la había discutido. Otros aún estaban seguros de que la invitación había sido realmente hecha por culpa de ciertos muchachos de la ciudad de Fráncfort entre los cuales y el Presidente había una rivalidad en cuestiones de gastronomía. Pronto se comprobó, como verán los que lean esto, que la finalidad del desafío era de hecho la tercera; esto es, el fin inmediato, pues, como el Presidente era un ser humano muy original, su convite tenía rasgos psicológicos de las tres intenciones que se le habían imputado.

La razón por la que no se creyó inmediatamente que la verdadera razón de Prosit para el convite había sido la disputa (como él mismo había dicho) fue que el desafío era demasiado vago, demasiado misterioso para surgir como una venganza y nada más. Al final, con todo, tuvo que creerse.

La discusión que el Presidente había mencionado (dijeron los que lo sabían) había tenido lugar entre él y cinco muchachos de la ciudad de

Fráncfort. Éstos no tenían particularidad alguna salvo que eran gastrónomos; ése era, según creo, el único título que podía justificar nuestra atención. Había sido larga la discusión. Por lo que recuerdo, insistían los muchachos en que un plato que uno de ellos había inventado, o una cena que había dado, era superior a un acto gastronómico del Presidente. En torno a esto se había engendrado la disputa; alrededor de este centro la araña de la discordia había tejido rápidamente su tela.

La discusión había sido encendida por parte de los muchachos; suave y moderada por parte de Prosit. Era su costumbre, como he dicho, no ceder nunca a la furia. Sin embargo, en esta ocasión casi se había enfadado por el calor de las respuestas de sus antagonistas. Pero se mantuvo tranquilo. Se pensó, ahora que esto se sabía, que el Presidente iba a gastarles alguna broma gigantesca a los cinco muchachos, que iba a vengarse, según su costumbre, de aquel violento altercado. Por ello, pronto fue grande la expectación; empezaron a correr rumores de una jugarreta excéntrica, historias de una venganza de notable originalidad. Ante el caso y el hombre, estos rumores se justificaban, se construían alocadamente sobre la verdad. Todos ellos, más tarde o más temprano, llegaron a Prosit; pero éste, al oírlos, meneaba la cabeza, y, aunque pareciese hacerle justicia a la intención, lamentaba su tono grosero. Nadie lo adivinaría, decía él. Era imposible, decía, que alguien acertase. Era todo una sorpresa. Conjeturas, adivinanzas, hipótesis, eran ridículas e inútiles.

Estos rumores, por supuesto, surgieron más tarde. Volvamos a la cena en que se hizo el convite. Había terminado. Íbamos al salón de fumar cuando pasamos junto a cinco muchachos, de aspecto bastante refinado, que saludaron a Prosit con cierta frialdad.

–Ah, amigos míos –explicó el Presidente volviéndose hacia nosotros–, éstos son los cinco jóvenes de Fráncfort que he derrotado en una competición de asuntos gastronómicos...

–Usted sabe muy bien que no creo que nos haya derrotado –contestó secamente uno de los muchachos, con una sonrisa.

–Bueno, dejemos las cosas como están, o como estaban. De hecho, amigos míos, el desafío que acabo de hacer a la Sociedad Gastronómica –nos señaló con un amplio gesto– tiene un alcance mucho mayor y una naturaleza mucho más artística.

Se lo explicó a los cinco. Le escucharon lo más indelicadamente que pudieron.

–Cuando hice ese desafío, ahora mismo, estaba pensando en vosotros.

—¿Ah sí? ¿Y qué tenemos nosotros que ver con eso?

—¡Ah! ¡Pronto lo veréis! La cena es dentro de dos semanas, el día diecisiete.

—No queremos saber la fecha. No lo necesitamos.

—No, ¡tenéis razón! —se rió entre dientes el Presidente—. No lo necesitáis. No será necesario. Sin embargo —añadió—, estaréis presentes en la cena.

—¿Qué? —gritó uno de los muchachos. De los demás, unos hicieron una mueca, otros clavaron en él la mirada.

El Presidente respondió con una mueca.

—Sí, y contribuiréis a ella de la forma más material.

Los cinco muchachos manifestaron fisionómicamente su duda en cuanto a ello y su desinterés hacia el asunto.

—¡Que sí, que sí! —dijo el Presidente, mientras ellos se alejaban—. Cuando digo una cosa, la hago, y digo que estaréis presentes en la cena, digo que contribuiréis a que sea apreciada.

Esto lo dijo en un tono de desprecio tan evidente y directo que los muchachos se enfadaron y echaron a correr escaleras abajo.

El último se volvió.

—Estaremos allí en espíritu, quizá —dijo—, pensando en su fracaso.

—No, no, estaréis allí bien presentes. Estaréis allí en cuerpo, os lo aseguro. No os preocupéis con ello. Dejad el asunto en mis manos.

Un cuarto de hora después, cuando todo hubo acabado, bajé las escaleras con Prosit.

—¿Piensa usted que conseguirá obligarlos a asistir, Prosit? —le pregunté mientras se ponía el abrigo.

—Por supuesto —dijo él—. Tengo la seguridad.

Salimos juntos —Prosit y yo— y nos separamos a la puerta del hotel.

2

Pronto llegó el día en que se iba a cumplir la invitación. La cena tuvo lugar en casa de Prosit a las seis y media de la tarde.

La casa —la que Prosit había dicho que quedaba en la plaza— no era propiamente su casa, sino la de un viejo amigo suyo que no vivía en Berlín y le prestaba la casa siempre que éste lo deseaba. Estaba siempre a su disposición. Con todo, éste raramente la necesitaba. Algunos de los primeros banquetes de la Sociedad Gastronómica se habían realizado allí, hasta que se había impuesto la mayor comodidad del hotel; comodidad, aspecto y localización. Prosit era muy conocido en el hotel; los platos se hacían según sus indicaciones. Su capacidad inventiva tenía tanta libertad allí como en su casa, con cocineros que o eran suyos o de algún miembro de la sociedad, o importados de algún restaurante; y no sólo su habilidad tenía la misma amplitud de acción sino que también la ejecución de sus ideas era más rápida, mejor; se ponían en práctica con mayor eficiencia y más minuciosamente.

En cuanto a la casa en donde vivía Prosit, nadie la conocía, ni a nadie le interesaba. Para algunos banquetes se utilizaba la casa de que he hablado, para líos amorosos tenía un pequeño apartamento; tenía un club –o mejor, dos clubes–, y se le veía muy a menudo en el hotel.

La casa de Prosit, como he dicho, no la conocía nadie; que la tenía, además del lugar ya mencionado, y que vivía en ella, todo el mundo lo sabía. Pero acerca de dónde estaba la casa, de eso no tenía nadie la menor sospecha. Tampoco sabíamos con quién vivía. Fueran cuales fuesen los compañeros de su retiro, Prosit nunca había hecho ninguna alusión a ellos. Ni siquiera había dicho que existían. Ésa era solamente la conclusión de nuestro razonamiento simple y natural sobre el asunto. Prosit había estado, eso sí lo sabíamos –aunque no recuerde por intermedio de quién–, en las colonias –en África, o en la India, o en otro sitio–, y había ganado allá una fortuna de la cual vivía. Así, aunque se sabían cosas, el resto sólo el ocio podía investigarlo.

El lector conoce ahora lo bastante sobre el estado de las cosas para dispensar otras observaciones, bien sobre el Presidente, bien sobre la misma casa. Por lo tanto, paso a la escena del banquete.

La sala en donde había sido preparada la mesa del banquete era grande y larga, aunque no imponente. A los lados no había ventanas sino sólo puertas, que daban a varias salas. En el extremo, del lado que daba a la calle, había una ventana alta y ancha, espléndida, que parecía respirar ella misma el aire cuya entrada permitía. Ocupaba a gusto el espacio de tres ventanas grandes corrientes. Estaba dividida en tres partes por la propia estructura del marco. Aunque la sala era grande, esta ventana era suficiente; le daba aire y luz a todo; ningún rincón estaba privado de las cosas más naturales de la Naturaleza.

En medio del comedor había sido colocada una mesa larga para el banquete; en el extremo de ésta estaba sentado el Presidente, de espaldas a la ventana. Yo, el que escribe, estaba sentado a su derecha, por ser el miembro más antiguo de la Sociedad. No tienen significado otros detalles. Éramos cincuenta y dos.

La sala estaba iluminada por unos candelabros colocados sobre la mesa, tres en total. Debido a una hábil disposición de sus ornamentos, las luces estaban irregularmente concentradas sobre la mesa, dejando bastante en penumbra los espacios entre ésta y las paredes. Por el efecto, recordaba la disposición de luces sobre una mesa de billar. Pero como aquí este efecto no resultaba de igual modo, por un artificio cuyo designio estaba claro, lo que producía en el espíritu era, como mucho, una sensación de extrañeza respecto de las luces y del comedor. Si hubiese habido otras mesas a los lados, la sensación de penumbra entre ellas hubiera sido incómoda. Como había sólo una mesa, esto no ocurría. Yo mismo sólo lo noté más tarde, como verá el lector que me acompañe. Aunque yo, como todos los que allí estaban, había buscado por todas partes aspectos raros, no me fijé en éste.

El modo como la mesa estaba puesta, arreglada, ornamentada, en parte no lo recuerdo y en parte no necesita recordarse. La diferencia que pudiera haber en relación con otras mesas de comedor era una diferencia dentro de la normalidad, no una diferencia debida a la originalidad. En este caso la descripción sería estéril e inútil.

Los miembros de la Sociedad Gastronómica –cincuenta y dos, como dije– empezaron a llegar a las seis menos cuarto. Unos tres, recuerdo, llegaron solamente un minuto antes de la hora de la cena. Uno –el último– llegó cuando íbamos a sentarnos a la mesa. En estas cosas, en esta parte de la sesión, como convenía entre artistas, se dejó a un lado todo ceremonial. Nadie se ofendió por esta llegada retrasada.

Nos sentamos a la mesa con una contenida fiebre de expectación, de interrogación, de sospecha intelectual. Iba a ser, todos lo recordaban, una *cena muy original*. Cada uno había sido desafiado; desafiado a descubrir en qué residía la originalidad de la cena. Éste era el punto difícil. ¿La originalidad estaba en algo no aparente, o en una cosa obvia? ¿Estaba en algún plato, en alguna salsa, en alguna disposición? ¿Estaba en algún detalle trivial de la cena? ¿O estaba, a fin de cuentas, en el carácter general del banquete?

Como es natural, puesto que estábamos todos en este estado de ánimo, todas las cosas posibles, todo lo que era vagamente posible, todo lo que era sensatamente improbable, imposible, era motivo de sospecha, de autointerrogación, de desorientación. ¿Estaría en eso la originalidad? ¿Era eso lo que contenía la broma?

Así todos nosotros, los invitados, en cuanto nos sentamos para la cena, empezamos a investigar minuciosamente, curiosamente, los ornamentos y flores que estaban sobre la mesa, y no sólo eso, sino también los dibujos de los platos, la disposición de los cuchillos y tenedores, los vasos, las botellas de vino. Varios habían examinado ya las sillas. No pocos habían dado, con aire de despiste, la vuelta a la mesa, a la sala. Uno había echado una mirada debajo de la mesa. Otro había palpado rápida y cuidadosamente la parte inferior de la misma. Un miembro de la Sociedad dejó caer la servilleta y se agachó mucho para cogerla, lo que hizo con dificultad casi ridícula; había querido ver, me lo dijo después, si no habría una trampilla que, en un momento dado del banquete, se tragase o sólo la mesa, o a nosotros y a la mesa juntos.

Ahora no consigo recordar con precisión cuáles fueron mis suposiciones o conjeturas. Sin embargo, recuerdo claramente que eran bastante ridículas, de la misma especie de las que he referido respecto a los demás. Unas a otras se sucedieron en mi espíritu, por asociación, ideas fantásticas y extraordinarias. Todo era, al mismo tiempo, sugestivo e insatisfactorio. Bien considerado, todo contenía una singularidad (como cualquier cosa en cualquier sitio). Pero nada presentaba claramente, nítidamente, indudablemente, la señal de ser la clave del problema, la palabra escondida del enigma.

El Presidente había desafiado a cualquiera de nosotros a descubrir la originalidad de la cena. Ante ese desafío ante la capacidad de gastar bromas por la cual Prosit era famoso, nadie podría decir hasta dónde llegaba el embaucamiento, si la originalidad era ridículamente insignificante de propósito, si estaba escondida en una acumulación excesiva, o si consistía en no ser ninguna originalidad, lo que también era posible. Tal era el estado de ánimo con el que los invitados en su totalidad –lo digo sin exageración– se sentaron para cenar *una cena muy original*.

Se estaba atento a todas las cosas.

La primera cosa que se notó fue que del servicio se encargaban cinco camareros negros. Sus rostros no se veían bien, no sólo por culpa del traje algo extravagante que vestían (que incluía un extraño turbante), sino también por la singularidad de la disposición de la luz, por la cual, como en las salas de billar, aunque no por el mismo artificio, la luz incidía sobre la mesa y dejaba todo alrededor en penumbra.

Los cinco camareros negros estaban bien entrenados; no excelentemente, quizá, pero bien. Lo revelaban muchas cosas, perceptibles sobre todo por hombres como nosotros, que teníamos contacto con esa gente diariamente y de forma importante, debido a nuestro arte. Parecían haber sido muy bien entrenados, exteriormente, para una cena que era la primera que servían. Fue ésta la impresión que el servicio dejó en mi cerebro experimentado; pero, de momento, la rechacé, no viendo en ella nada extraordinario. No se encontraban camareros en cualquier parte. A lo mejor, pensé en ese momento, Prosit los había traído con él del sitio en donde había estado, en el extranjero. El hecho de no conocerlos no era razón para dudar de ello, porque, como he dicho, la vida más íntima de Prosit, así como el sitio en donde vivía, no eran de nuestro conocimiento; él los mantenía en secreto, por razones que probablemente tenía y que no nos competía investigar ni juzgar. Éstos fueron mis pensamientos respecto de los cinco camareros negros cuando los vi.

La cena había empezado. Nos intrigó aún más. Las particularidades que presentaba, vistas racionalmente, estaban tan desprovistas de significado que era en vano como se intentaba interpretarlas de la manera que fuese. Las observaciones que uno de los invitados hizo con humor, ya hacia el fin de la cena, expresaban adecuadamente todo esto.

–Lo único que mi atención y espíritu alerta consiguen ver aquí de original –dijo, con aire premeditadamente pomposo, un miembro titular– es, primero, que los que nos sirven son oscuros y están más o menos en la oscuridad, aunque seamos nosotros sin duda quienes así estamos; segundo, que esto, si significa algo, no significa nada. No veo en sitio alguno ninguna cosa dudosa, a no ser, en un sentido decente, el pescado[1].

Estas observaciones, hechas con ánimo leve, fueron recibidas con aprobación, aunque su gracia fuese más que pobre. Sin embargo, todo el

---

1. Juego de palabras en inglés, intraducible, entre *fishy* (que en el lenguaje coloquial significa «dudoso», «sospechoso») y *fish* («pez», «pescado») [*N. del T.*].

mundo había notado las mismas cosas. Pero nadie creía –aunque muchos no tuviesen ideas precisas– que la broma de Prosit consistiese en eso y nada más. Miraron al Presidente para ver si su rostro sonriente traicionaba algún sentimiento, alguna indicación de un sentimiento, algo; pero la sonrisa se mantenía, habitual e inexpresiva. Quizá se había vuelto ligeramente más amplia, quizá implicara un guiño cuando el titular había hecho aquellas observaciones, quizá se había hecho más maliciosa; pero no hay seguridad de ello.

–En sus palabras –dijo Prosit finalmente al miembro de la Sociedad que había hablado– me agrada ver un reconocimiento inconsciente de mi habilidad para la ocultación, para hacer que una cosa parezca diferente de lo que es. Veo que las apariencias le han engañado. Veo que está usted lejos aún de conocer la verdad, la broma. Está lejos de adivinar en qué consiste la originalidad de la cena. Y puedo añadir que si hay algo dudoso, cosa que no niego, desde luego no es el pescado. ¡No obstante agradezco su elogio! –Y el Presidente hizo una venia burlona.

–¿Mi elogio?

–Su elogio, porque no ha adivinado usted. Y, al no adivinar, proclama mi habilidad. ¡Se lo agradezco!

La risa puso fin a este episodio.

Mientras tanto yo, que había estado reflexionando durante todo el tiempo, llegué súbitamente a una extraña conclusión. Pues, mientras meditaba en las razones de la cena, recordando las palabras de la invitación y el día en que había sido hecha, me acordé súbitamente de que la cena era considerada por todos como resultado de una discusión del Presidente con los cinco gastrónomos de Fráncfort. Recordé las expresiones de Prosit en aquel entonces. Éste había dicho a los cinco muchachos que estarían presentes en su cena, que contribuirían a la misma «materialmente». Era ésta la palabra exacta que había empleado.

Pero esos cinco jóvenes no estaban entre los invitados... En ese momento la visión de los cinco camareros negros me hizo acordarme de ellos inmediatamente por el hecho de que eran cinco. El descubrimiento me sobresaltó. Miré a los sitios donde estaban para ver si su mirada traicionaba algo. Pero los rostros, también oscuros, estaban en la oscuridad. Fue en ese momento cuando noté la extremada pericia con que la disposición de las luces lanzaba todo el claror de éstas sobre la mesa, dejando el resto de la sala, por comparación, en la oscuridad, especialmente a la altura, a partir del suelo, a la que estaban las cabezas de los cinco camareros encargados del servicio. Por extraño, por desconcertante que el caso fuese, dejé de tener dudas. Tenía la seguridad absoluta de que los cinco muchachos de Fráncfort se habían transformado, para la ocasión, en los cinco camareros negros que servían la cena. La completa incredibilidad de toda la historia me hizo titubear por algún tiempo, pero mis conclusiones estaban demasiado bien sacadas, eran demasiado obvias. No podía ser sino lo que yo había descubierto.

Me acordé inmediatamente de que, unos cinco minutos antes, en el mismo banquete, habiendo los camareros negros llamado naturalmente la atención, uno de los miembros de la Sociedad, Herr Kleist, un antropólogo, había preguntado a Prosit de qué raza eran (por no conseguir de forma alguna verles los rostros), y de dónde los había traído. La contrariedad que el Presidente había demostrado pudo no haber sido absolutamente manifiesta; con todo, la vi claramente, perfectamente, si bien mi atención no tenía aún el estímulo del descubrimiento que hice después. Pero había visto la confusión de Prosit y quedé intrigado. Poco después –como había notado inconscientemente–, cuando uno de los camareros presentó la fuente a Prosit, éste dijo algo en voz baja; el resultado de ello fue que los cinco «negros» retrocedieron más hacia la sombra, exagerando tal vez la distancia, en opinión de quien prestase atención a la estratagema.

El temor del Presidente era, por supuesto, absolutamente natural. Un antropólogo como Herr Kleist, una persona familiarizada con las razas humanas, con sus tipos, con sus características faciales, revelaría en seguida, forzosamente, la impostura si les viese los rostros. La extrema inquietud de Prosit ante la pregunta; ése era el motivo de la orden que dio a los camareros para que se mantuvieran en la oscuridad. Cómo se hurtó a la pregunta, ya no lo recuerdo; sospecho, con todo, que lo hizo declarando que los camareros no eran suyos y afirmando que ignoraba a qué raza pertenecían y la forma en que habían llegado a Europa. Al dar esta respuesta, sin embargo, estaba, como ya he advertido, muy poco a gusto; sin duda por temor a que Herr Kleist pudiese, de repente, desear examinar a los negros para ver cuál era la raza. Pero es obvio que, de no haber negado que le pertenecían, no podía haber dicho «esta raza» o «aquella otra», pues, siendo lego en cuestión de razas, y sabiendo que lo era, podía aventurar un tipo cuyas características más elementales, por ejemplo la estatura, estuviese en franca contradicción con la de los cinco camareros negros. Recuerdo vagamente que, después de esa respuesta, Prosit la había disimulado con algún incidente, desviando la atención hacia la cena, o hacia la gastronomía –hacia algo, no recuerdo qué, que no era los camareros.

La sazón refinada de los platos, la novedad superficial de su presentación –cosas legítimas en el Presidente como artista culinario, aparte el objetivo de la cena–, ésas eran las que yo consideraba cosas insignificantes hechas de propósito para desviar la atención, tan manifiesto era, en mi opinión, su carácter de mezquindad absurda, de flagrante poquedad, de voluntario anticonvencionalismo. Puedo añadir que nadie, tras haberlas examinado, las consideró importantes.

El hecho en sí, es cierto, era excesivamente, inexpresablemente extraño; tanta más razón, me dije a mí mismo, para que revelase la originalidad de Prosit. Era de hecho intrigante, reflexioné, que se hubiese realizado. ¿Cómo? ¿Cómo podían cinco muchachos absolutamente hostiles al Presidente ser convencidos, entrenados, obligados a hacer el papel de camareros en una cena, cosa repugnante a todos los hombres de cierta condición social? Era una cosa que causaba un sobresalto grotesco, como un cuerpo de mujer con cola de pez. Producía en el espíritu la sensación de que el mundo estaba boca abajo.

En cuanto a que fuesen negros, se explicaba fácilmente. Prosit no podía, obviamente, presentar los cinco jóvenes a los miembros de la Sociedad con sus propios rostros. Era natural que utilizase el vago conocimiento, que sabía que teníamos, del hecho de que había estado en las colonias para encubrir la broma de su negritud. La pregunta torturante era cómo lo había hecho; y *eso* sólo Prosit podía revelarlo. Podía entender –y, con todo, no muy bien– que un hombre hiciese el papel de camarero para un gran amigo y por broma, y como un enorme favor. ¡Pero en este caso!

Cuanto más reflexionaba, más extraordinario parecía el caso, pero, al mismo tiempo, con todas las pruebas que tenía, dado el carácter del Presidente, lo más probable, lo más acertado era que la broma de Prosit residiera en ellos. ¡Bien podía desafiarnos a descubrir la originalidad del banquete! La originalidad que yo había descubierto no residía, es cierto, propiamente en la cena; sino en los camareros, en algo relacionado con la cena. En este punto de mi razonamiento me asombré de no haber visto eso antes: que debiéndose el banquete a los cinco muchachos (como ahora se sabía), no podía dejar de incidir en ellos, como venganza, y, al incidir en ellos, no podía obviamente recaer en cosa más directamente relacionada con la cena que los camareros.

Estos argumentos, estos razonamientos, que he presentado en algunos párrafos, me pasaron por la mente en pocos minutos. Estaba convencido, confuso, satisfecho. La claridad racional del caso alejó de mi espíritu su naturaleza extraordinaria. Examiné el caso lúcidamente, minuciosamente.

La cena había llegado casi a su fin, sólo faltaba el postre. Decidí, para que mi capacidad fuese reconocida, contarle a Prosit mi descubrimiento. Reconsideré que no podía equivocarme, no podía estar cometiendo un error; la extrañeza del caso, tal como lo concebía, lo transformaba en certidumbre. Por fin, me incliné hacia Prosit y dije en voz baja:

—Prosit, amigo mío, he descubierto el secreto. Estos cinco *negros* y los cinco muchachos de Fráncfort...

—¡Ah! Ha adivinado usted que hay una relación entre ellos —dijo esto medio burlón medio dudoso, pero comprendí que estaba molesto e irritado por la sagacidad de mi razonamiento, que no esperaba. Se quedó un poco molesto y me miró con atención. Y pensé «Tengo razón».

—Claro —repliqué—, *son* ellos cinco. De eso no me cabe duda. ¿Pero cómo demonios lo ha conseguido?

—Por la fuerza bruta, querido amigo. Pero no diga nada a los demás.

—Claro que no. Pero por la fuerza bruta, ¿cómo, mi querido Prosit?

—Bueno, es un secreto. No puedo decirlo. Es un secreto tan grande como la muerte.

—¿Pero cómo consigue tenerlos tan tranquilos? Estoy asombrado. ¿No escapan ni se rebelan?

El Presidente tuvo una convulsión de risa interior.

—No hay que temer tal cosa —dijo guiñando el ojo, de una manera más que significativa—. No pueden escapar. No pueden. Es absolutamente imposible –y me miró tranquilamente, astutamente, misteriosamente.

Hasta que se llegó al final de la cena –no, al final de la cena no, otra singularidad, aparentemente dirigida al mismo objetivo–, cuando Prosit propuso un brindis. Todo el mundo quedó asombrado con este brindis, hecho justo después del último plato y antes del postre. Todos se sorprendieron, excepto yo, que veía en ello otra excentricidad, sin sentido, para desviar la atención. No obstante, se llenaron todos los vasos. Mientras se llenaban, se alteraron enormemente los modales del Presidente. Se movía en la silla con gran agitación, con el ardor de un hombre que *quiere* hablar, de alguien que tiene que revelar un gran secreto, que tiene que hacer una gran revelación.

Esta conducta fue inmediatamente advertida.

–Prosit tiene alguna broma que revelar; *la broma.* ¡Es el auténtico Prosit! ¡Vamos allá, Prosit!

A medida que se acercaba el momento del brindis, el Presidente parecía enloquecer de agitación; se movía en la silla, se retorcía, fruncía la frente, sonreía, hacía muecas, reía sin sentido y sin parar.

Todos los vasos estaban llenos. Todo el mundo estaba preparado. Se hizo un profundo silencio. En la tensión del momento, recuerdo que oí los pasos de dos personas en la calle y que me irritaron dos voces –una de hombre, otra de mujer– que conversaban en la plaza allá abajo.

De tal forma me concentré, que dejé de oírlas. Prosit se levantó; o mejor, dio un salto, tirando casi la silla.

–Señores –dijo–, voy a revelar mi secreto, la broma, el desafío. Es muy divertido. ¿Saben ustedes que dije a los cinco muchachos de Fráncfort que estarían presentes en el banquete, que colaborarían de la forma más material? Ahí está el secreto, en eso mismo.

El Presidente hablaba nerviosamente, incoherentemente, con prisa de llegar al punto fundamental.

–Señores, eso es todo lo que tengo que decir. Y ahora el primer brindis, el gran brindis. Se refiere a mis cinco pobres rivales... Porque nadie ha adivinado la verdad, ni siquiera Meyer [que soy yo]; ni siquiera él.

El Presidente hizo una pausa; después, levantando la voz con un grito:

–Bebo –dijo– *a la memoria* de los cinco jóvenes de Fráncfort, que *han estado presentes en cuerpo* en esta cena y *han contribuido a ella de la forma más material.*

Y ojeroso, salvaje, *completamente* loco, señaló con un nervioso dedo *los restos de carne que estaban en la fuente* que había ordenado dejar sobre la mesa.

Tan pronto como pronunció estas palabras, un horror inexpresable cayó sobre todos nosotros con un frío espantoso. De momento todos quedaron aplastados por la impensable revelación. En la intensidad del horror, en su silencio, parecía que nadie había oído, que nadie había comprendido. La locura superior a todos los sueños era horrible en la cruda realidad. Se abatió sobre todos un silencio que duró un momento, pero que por el sentimiento, por el significado, por el horror, pareció durar siglos, un silencio como nunca se soñó ni pensó. No me imagino la expresión de cada uno, de todos nosotros. Pero aquellos rostros debieron de tener un aspecto que jamás existió en visión alguna.

Esto ocurrió durante un momento; corto, desgastador, profundo.

Mi propio horror, mi propia conmoción no pueden describirse. Todas las expresiones divertidas y las implicaciones mal intencionadas que, de forma natural, había relacionado inocentemente con mi teoría de los cinco camareros negros revelaban ahora su significado más profundo, más horrible. Todo el secreto malicioso, toda la indecencia de la voz de Prosit; todo eso que ahora surgía a su verdadera luz me estremecía y me sacudía con un temor indecible. La propia intensidad de mi terror parecía impedir que me desvaneciera. Durante un momento yo, como los demás, pero con un temor más grande y con más razón, me recosté en la silla y miré a Prosit con un horror que no puede expresarse con palabras.

Fue así durante un momento, durante un momento y no más. Después, exceptuando a los más débiles, que se habían desmayado, todos los invitados, fuera de sí con una furia justa e incontenible, se precipitaron encarnizadamente sobre el caníbal, sobre el loco autor de esa hazaña más que horrible. Debió de ser, para el simple espectador, una escena horrible ver a esos hombres bien educados, bien vestidos, refinados, medio artistas, animados de una furia peor que la de los animales. Prosit era un loco, pero en aquel momento también nosotros estábamos locos. No tenía posibilidad alguna contra nosotros, absolutamente ninguna. De hecho, en ese momento, estábamos más locos que él. Incluso uno solo de nosotros, con la furia que sentíamos, habría bastado para castigar horriblemente al Presidente.

Yo mismo, antes que todos, le di un puñetazo al criminal con una ira tan horrible que parecía venir de otra persona, y aun ahora lo parece, pues el recuerdo que tengo es el de una escena vista imprecisamente, de algo que no puede haber sido verdad. Cogí la jarra de vino que estaba cerca de mí y la tiré, con terrible exaltación de ira, a la cabeza de Prosit. Le dio de lleno en la cara, mezclando sobre ella sangre y vino. Soy manso, sensible, aborrezco la sangre. Al pensar en ello ahora, no consigo entender cómo me fue posible llevar a cabo un acto que, para mi habitual manera de ser, era, aunque justo, de una tan horrible crueldad, pues, sobre todo por la pasión que lo inspiró, fue un acto cruel, muy cruel. ¡Qué grandes debieron de ser entonces mi furia y mi locura! ¡Y qué grandes las de los demás!

–¡Por la ventana! –gritó una voz terrible–. ¡Por la ventana! –chilló un coro formidable.

Y fue característico de la brutalidad del momento que la manera de abrir la ventana fue romperla completamente. Alguien le metió un hombro con fuerza y estrelló la parte central (ya que la ventana estaba dividida en tres) abajo en la plaza.

Más de una docena de manos animales cayeron ansiosamente, disputando, sobre Prosit, cuya locura estaba estremecida por un miedo inexpresable. Con un movimiento nervioso, lo lanzaron contra la ventana, pero no la atravesó, porque consiguió agarrarse a una de las divisiones del marco.

De nuevo lo agarraron aquellas manos, más nerviosamente, más brutalmente, más selváticamente. Y con una hercúlea conjunción de fuerzas, con un orden, con una combinación perfectamente diabólica en un momento así, balancearon al Presidente en el aire y lo soltaron con incalculable violencia. Con un golpe seco, que habría trastornado a los más fuertes pero que trajo la tranquilidad a nuestros corazones ansiosos y expectantes, el Presidente cayó en la plaza, cerca de un metro y medio más allá de la acera.

Después nadie intercambió ni una palabra, ni una señal; encerrado cada uno en el horror de sí mismo, salimos de aquella casa. Una vez afuera, pasados la furia y el horror que hacían que todo aquello pareciese un sueño, experimentamos el horror inenarrable de encontrarnos de nuevo con la normalidad. Todos sin excepción se sintieron mal, y muchos se desmayaron. Yo me desvanecí justo en la puerta.

Los cinco camareros negros de Prosit –eran realmente negros, piratas asiáticos de una tribu asesina y abominable–, que, al comprender lo que ocurría, se habían escapado durante la lucha, fueron capturados –todos excepto uno–. Parece que, para la consumación de su gran broma, Prosit había ido despertando poco a poco en ellos, con una habilidad perfectamente diabólica, el brutal instinto que dormía en la civilización. Habían recibido orden de permanecer lo más lejos posible de la mesa en sitios oscuros, por culpa del miedo ignorante y criminal que Prosit le tenía a Herr Kleist, el antropólogo que, por lo que Prosit sabía de su ciencia, podría haber conseguido ver en los rostros negros los estigmas maliciosos de su criminalidad. Los cuatro capturados fueron bien y justamente castigados.

Alexander Search
Junio de 1907

Tres categorías de inteligencia[*]

–La inteligencia humana –dijo el Tío Puerco– pertenece a una de tres categorías. La primera categoría es la inteligencia científica. Es la suya, Inspector Guedes. La inteligencia científica examina los hechos, y saca de ellos sus conclusiones inmediatas. Mejor dicho: la inteligencia científica observa, y determina, por medio de la comparación de las cosas observadas, lo que vienen a ser los hechos.

La inteligencia filosófica –la tuya, Abilio– acepta la inteligencia científica, los hechos ya determi-

---

[*] Este fragmento pertenece al cuento de raciocinio *La ventana estrecha,* que quedó inacabado. Pero pareció útil su publicación porque, independientemente de formar parte de un texto de ficción, constituye el ensayo de un análisis cualitativo de la inteligencia, diferente del que Fernando Pessoa llevara a cabo en la crítica a «Ciúme», de Antonio Botto.

nados, y saca de ellos las conclusiones finales. Mejor dicho: la inteligencia filosófica extrae de los hechos el *hecho*.

—Eso está muy bien dicho —atajó Quaresma.

—Es por lo menos comprensible —respondió el Tío Puerco—. Ahora bien, además de estos dos tipos de inteligencia, hay otro, superior a mi ver, que es la inteligencia crítica. Yo tengo la inteligencia crítica —añadió con naturalidad.

El Tío Puerco hizo una pausa, sacó una hoja de papel de fumar, echó en ella un poco del tabaco de una vieja petaca y después lió con lentitud un cigarrillo. El papel, advertí, quedó manchado sólo con la presión de los dedos al liarlo. El Tío Puerco sacó del bolsillo una caja de cerillas de madera, prendió una, encendió el pitillo y después continuó:

—La inteligencia crítica ni posee la observación, que es la base de la inteligencia científica, ni el raciocinio, que es el fundamento de la inteligencia filosófica. Parásita, indolente incluso, por naturaleza, como son las clases cultas y aristocráticas en relación con las otras, vive solamente de ver las faltas que cometieron, por así decirlo, sus antecesores. Ve, sobre todo, los fallos de la inteligencia filosófica, que, por ser abstracta, participa más de su naturaleza.

»La inteligencia crítica es de dos tipos: instintiva e intelectual. La inteligencia crítica e instintiva ve, siente, señala los fallos de las otras dos, pero no va más lejos; indica lo que está equivocado, como si lo oliese, pero no pasa de eso. La inteligencia crítica propiamente intelectual hace más: determina los fallos de las otras dos inteligencias, y, después de determinarlos, construye, reelabora el argumento de las mismas, lo restituye a la verdad donde nunca estuvo. La inteligencia crítica del tipo intelectual es el más alto grado de la inteligencia humana. Yo tengo la inteligencia crítica del tipo intelectual.

Como el pitillo se había apagado, el Tío Puerco, con la lentitud de antes, lo encendió de nuevo.

–Pues bien, los fallos de la inteligencia científica y de la inteligencia filosófica son de dos órdenes: los fallos generales y los fallos particulares. Por fallos particulares entiendo los fallos peculiares de cada caso que no pertenecen a la esencia de ese tipo de inteligencia, sino a su contacto con determinado asunto. Por fallos generales entiendo, claro está, los que son sustanciales en esos tipos de inteligencia. Ahora bien, el fallo esencial de la inteligencia científica es creer que hay hechos. No hay hechos, amigos míos, hay sólo prejuicios. Lo que vemos u oímos, o de alguna manera percibimos, lo percibimos a través de una red compleja de prejuicios; unos lejanamente hereditarios, como son los que constituyen la esencia de los sentidos, otros cercanamente hereditarios, como son los que constituyen la orientación de los sentidos, otros propiamente nuestros, derivados de nuestra experiencia, y que constituyen la infiltración de la memoria y del entendimiento en la sustancia de los sentidos. Me parece que estoy siendo un poco demasiado abstruso, pero me explicaré.

»Veo aquella mesa. Lo que veo, ante todo, digo ante, en un sentido lógico, o biológico, si quieren, es una cosa de determinada forma, de determinado color, etc. Eso es lo que corresponde a la lejana hereditariedad de los sentidos, pues es lo que ven, exactamente igual que yo con pequeñísimas diferencias dependientes de la estructura personal del órgano de los sentidos, los demás hombres, y, naturalmente, de modo poco diferente del mío los mismos animales. Veo, después, y utilizo después en el mismo sentido, una mesa, lo que sólo puede "ver" quien haya vivido en un lugar, o en una civilización, en donde existan mesas, cosas de una determinada forma a las que llaman "mesas". Ésta es la visión nacida de mi hereditariedad próxima; próxima, claro está, en relación con lo que la otra tiene de lejana. Y veo, finalmente, una mesa que está asociada en mi espíritu a variadas cosas. Veo todo esto, estos tres elementos de prejuicios, con la misma visión, con el mismo golpe de vista, consustanciados, unos. Ahora bien, el defecto central de la inteligencia científica es creer en la realidad objetiva de este triple prejuicio. Claro que a medida que nos alejamos del prejuicio personal hacia el prejuicio por así decirlo orgánico, nos acercamos, no diré al hecho, sino a la comunidad de impresiones con las demás personas, y, por lo tanto, al "hecho" efectivamente, pero no en un sentido teórico, sino en un sentido práctico. La realidad es una convención orgánica, un contrato sensual entre todos los entes con sentidos.

–Si me permite –atajé yo–, ese criterio suyo que no discuto, ni tendría argumentos para discutirlo, me parece, en todo caso, que nos conduce a la convicción de la inutilidad absoluta de la observación, de la ciencia, en fin, de todo.

–No es así –respondió el Tío Puerco–. Si quiere usted decir que nos conduce a creer en la inalcanzabilidad de la verdad objetiva, estoy de acuerdo. Pero no, la verdad o media verdad subjetiva tiene su utilidad, una utilidad, por así decirlo, social: es lo que es común a todos nosotros, y, por lo tanto, para todos nosotros, en relación los unos con los otros, es como si fuese la realidad absoluta. Añádase que, en la mayor parte de las circunstancias de la vida práctica, no necesitamos conocer los hechos, sino tan sólo una que otra faceta de los mismos, relativa a nosotros o a los demás, que nos sea útil. Por ejemplo: aquella mesa está colocada ahí a la entrada de la casa. ¿Qué necesita usted saber sobre ella al entrar aquí? Que es una mesa y que está ahí. Es todo lo que necesita usted saber para no tropezar con ella, que es el único «hecho» importante para quien entre en este cuarto. Para no tropezar con ella no necesita usted saber que está hecha de una cosa llamada pino, o de una cosa llamada pino de Flandes, o de una cosa llamada caoba.

Como el pitillo se le había apagado de nuevo, el Tío Puerco volvió a encenderlo.

–Tenemos, en este caso, un error típico de la inteligencia de tipo científico. Fue el que cometió el Inspector Guedes cuando, informado del mal carácter del hijo del joyero, e informado también de que frecuentaba mucho la tienda, desconfió en seguida de él. Ahora bien, concediendo que ese mal carácter sea un hecho, lo cierto es que no es necesariamente un hecho dentro del esquema de hechos que, sumados, constituyen los hechos de este crimen, o sea, el hecho de este crimen. El crimen es un hecho, el mal carácter del muchacho es otro hecho. Los dos juntos pueden no formar un nuevo hecho, que sería la razón causal del muchacho con el crimen. En vez de partir, como haría la inteligencia filosófica, y ha hecho aquí Abilio, de los hechos del crimen hacia la conclusión del criminal, el Inspector Guedes relacionó dos fenómenos simplemente por ser hechos, debido sólo a una cierta contigüidad, por así decirlo, lo que es tan lógico como si yo relacionara el hecho de que se me ha caído ahora la ceniza del pitillo con el hecho de que aquel señor de allí se está sonando, simplemente porque esos dos fenómenos han ocurrido dentro de la misma habitación.

El Tío Puerco, que en efecto se había sacudido la ceniza, por más señas de su propia chaqueta, volvió a encender el pitillo.

–Esto, sin embargo, queda un poco fuera del asunto, porque no son los errores de la inteligencia científica en general, y del Inspector Guedes en particular, lo que interesa en este momento. De hecho, ya Abilio, en su papel de inteligencia filosófica, evitó ese error particular. Por cierto, hablo así abstractamente, y a veces me olvido... que no se ofenda el señor Guedes de que hable de sus errores... Esto...

–En modo alguno –exclamó Guedes–. En modo alguno. Además, tiene usted toda la razón.

–Bueno, está bien, y eso es lo que quiero que se entienda. Pues vayamos ahora a los defectos de la inteligencia filosófica en general, y a los de Abilio Quaresma en particular, y concretamente en este caso. La inteligencia científica cae en el error de creer en los hechos como hechos porque se basa esencialmente en la observación que hace de los hechos. La inteligencia filosófica cae en su propio error, porque se basa esencialmente en el razonamiento que extrae de las conclusiones. El error esencial de la inteligencia filosófica...

—Ya sé lo que va a decir el Tío Puerco —interrumpió Quaresma sonriendo—. Que ese error esencial consiste en no tener en cuenta todos los hechos que forman el hecho que se estudia, y, por lo tanto, en sacar conclusiones de datos insuficientes.

—Yo no iba a decir eso, hijo —respondió el Tío Puerco—. Eso no es un defecto de raciocinio, es solamente un defecto de un mal raciocinio. Y el mal raciocinio no es, al menos teóricamente —atajó sonriendo—, la esencia del raciocinio. El defecto central de la inteligencia filosófica es hacerse objetiva, o mejor dicho, hacer objetivo lo que no es sino su método, bien atribuyendo a las abstracciones, de las que forzosamente se sirve, el carácter de «cosas», bien atribuyendo al curso de las cosas esa regularidad, esa lógica, esa racionalidad que pertenecen forzosamente al raciocinio, pero no a aquello sobre lo que se razona. Los razonadores de los siglos diecisiete y dieciocho, sobre todo en Francia, que suponían que el hombre se comporta racionalmente, equivocaron toda su psicología con esa presunción racional, pero absurda. Ése, claro está, es el error que he citado en su forma más crasa. Y tú no lo cometes en esa forma —dijo el Tío Puerco señalando a Quaresma—. Pero ese error tiene formas más sutiles... Una de ellas la de suponer que todo procedimiento pensado es necesariamente racional, o, en otras palabras, que toda premeditación es lógica.

—No entiendo bien —atajó Quaresma—. ¿Quiere usted decir que la inteligencia filosófica tiende a creer que toda premeditación está bien hecha y que todo cálculo es exacto? ¡Pero eso sería un error más que craso! ¡En eso no ha caído nadie ni ha creído nadie, con o sin inteligencia filosófica! ¡Eso sería creer en la infalibilidad de la inteligencia humana!

—No es eso lo que quiero decir, hijo. Quiero decir que el razonador nunca cree que la razón pueda ser sustancialmente irracional, que el razonador no admite lo irracional como elemento positivo, y no simplemente negativo. Vamos a ver, ¿tú has leído a Shakespeare?

—Lo he leído en francés —respondió Quaresma.

El Tío Puerco hizo un gesto de impaciencia.

—Eso es peor que no haberlo leído —dijo—. Bueno; no es de Shakespeare de quien se trata. Hay en una obra suya —continuó, volviéndose hacia nosotros—, en *All's Well that Ends Well,* una niña llamada Beatriz, que, cuando el tío le pregunta si ve bien, o algo parecido, responde: «Sí, tío, veo una iglesia al mediodía».

—¿Qué demonio significa eso? —preguntó Guedes.

—No significa nada, y ahí está la cosa —respondió el Tío Puerco sonriendo.

El robo de la Finca de las Viñas*

La intriga se desarrolla en la Finca de las Viñas, *en 1905. Están presentes: su dueño, José Mendes Borba; su hijo, José Alves Borba; D.ª Adelaide, hermana del propietario; María Adelaide, hija de la anterior; Manuel Barata, primo de los Borbas, aspirante a oficial, y una amiga de María Adelaide, llamada Elisa. La narración, en discurso directo, la hace Augusto Claro, un ingeniero amigo del propietario de la finca, que se encuentra allí invitado.*

Cierta noche, alrededor de las cero horas, se oyó una explosión. Comprobado su origen, se encontró abierta la caja fuerte de la casa, con la cerradura des-

---

* Fue posible reconstruir este cuento de raciocinio a través de los elementos hallados en el legado de Fernando Pessoa. Sin embargo, para que pudiese considerarse completa su inteligibilidad, hubo que unir los respectivos fragmentos con varias interpolaciones explicativas.

trozada. Habían desaparecido cien títulos de la deuda exterior portuguesa; y, días después, esos títulos entraron en la circulación financiera de la plaza, sin que su agente hubiese sido sorprendido durante las operaciones de su respectivo paso.

Iniciadas las investigaciones por orden del juez de instrucción, el agente Lima comenzó a sospechar del hijo del propietario de la finca, porque éste no sólo se hallaba en una difícil situación financiera, sino que también —como se averiguó— había sustraído, una vez, una cuantiosa suma de dinero al padre. Se había averiguado también que José Alves Borba acompañaba a un tal Manuel, que pasaba moneda falsa; además de eso, el robo no habría podido llevarse a cabo sin la ayuda de alguien de la casa. Mientras tanto, en el curso de las diligencias policiales, se comprobó que en la noche del crimen habían estado presentes, en la cena, todas las personas que estaban instaladas en la finca, y que a las veintitrés horas, a excepción del dueño de la casa y del ingeniero Claro, todos se habían retirado a sus aposentos.

Dos circunstancias causaban extrañeza al agente investigador: que el ingeniero Augusto Claro hubiese subido al primer piso (en donde se hallaba la caja fuerte) a buscar cigarrillos, en un momento muy próximo al de la detonación, y que los asaltantes hubiesen escogido una hora muy peligrosa, y un método de ejecución alarmante, a riesgo de ser sorprendidos. Y, basado siempre en su tesis de que la acción de una cuadrilla sólo podía haber sido posible con ayuda del interior, además de haber acumulado sospechas contra el hijo del dueño de la casa, el agente detuvo al jardinero, José Algarvío, por una remota posibilidad de culpa.

Así las cosas, el ingeniero Augusto Claro busca al Dr. Quaresma para que éste descifre el misterio y ayude al jardinero, dado que está convencido de su inocencia.

Entremos pues en el discurso directo del narrador.

A pesar de que me molestaba, por anticipado, la idea de ir a contarle al Dr. Quaresma toda la historia del robo, no podía honradamente evitar hacerlo. Por ello, resignándome con placidez, le expuse, resumiendo lo más posible, todos los hechos expuestos a lo largo de esta narración. Hice, como es de suponer, algunas supresiones: no hablé de las deudas de José Alves, ni del caso de los quinientos escudos, ni mucho menos de la parte del discurso de Lima cuyo tema y base habían sido estas cosas. No pude, con todo, evitar hablar de la hipótesis policial, de que había una cuadrilla trabajando y de que la policía sospechaba que lo hacía en contacto con alguien de dentro de la Finca de las Viñas. Sin explicar esto, resultaría incomprensible la detención de José Algarvío; y, además, bastaba que el Dr. Quaresma se interesara por él para que lo descubriera en la policía.

El Dr. Quaresma me escuchó con gran atención, pero, por decirlo así, con una atención dividida. Al mismo tiempo que me oía con los ojos, parecía estar escuchando una voz que no era la mía. Reconozco lo absurdo de esta forma de decirlo, pero transcribo mi impresión sensorial. En realidad, el Dr. Quaresma, sin dejar de oírme atentamente, parecía, no obstante, estar siguiendo el curso interior de alguna otra cosa –razonamiento o conjetura– que no dejaba de tener relación con lo que yo iba narrando.

Terminé, por fin, mi narración, y me suponía libre de su peso. Pero el Dr. Quaresma, que no me había interrumpido mientras yo hablaba, empezó en ese momento a interrogarme. Me pidió una descripción minuciosa de las personas que estaban en la casa en el momento del robo; mi descripción directa había sido sumaria. Me interrogó sobre edades, profesiones, situaciones financieras, y todo lo demás. Empecé a sentirme menos a gusto, sobre todo cuando José Alves era el tema del interrogatorio. Yo no podía decir toda la verdad sobre José Alves, pero tampoco, por simple justicia hacia el preso, podía suprimir rotundamente los hechos. Además, no estaba muy seguro de que el Dr. Quaresma, al hablar después con la policía, no fuera a descubrir los fundamentos de la otra hipótesis del agente Lima. Decidí narrar el caso de ciertos apuros financieros de José Alves, sin explicar el juego que éste había motivado ni hacer referencia al hurto anterior.

Sin embargo, en un momento dado, empecé a perder el aplomo, pues el médico llegó al asunto dando rodeos. Me preguntó si las relaciones entre padre e hijo habían sido siempre buenas, a lo que respondí que me parecía que sí, pero el mismo verbo «parecer» me sonó excesivamente cauteloso, y temí que le proporcionase al Dr. Quaresma más información de la que yo quería darle. Con estas y otras preguntas me entretuvo, sin divertirme, durante cerca de una hora y media, contando desde el comienzo de mi conversación.

Se deduce, mientras tanto, que el narrador pregunta al Dr. Quaresma si podría salvar de la prisión al jardinero José Algarvío.
Éste responde:

–Sólo puedo hacerlo echando mano al verdadero criminal.

–Hágalo entonces, doctor Quaresma.

Quaresma separó las manos, estiró la diestra y me tocó en el hombro. Finalmente, se levantó de la silla y se dirigió a una percha en donde tenía el sombrero.

–¿No le importa que salgamos? –preguntó–. Quisiera pasear un poco para acabar ciertos razonamientos.

–No me importa en absoluto. –Y salimos.

Bajamos por la Rúa de los Fanqueiros. Era una hermosa tarde de otoño. Anduvimos el uno junto al otro, silenciosos ambos, y, al final de la calle, siguiendo el movimiento del Dr. Quaresma, giramos a la derecha, hacia el Terreiro do Paço. El Dr. Quaresma avanzó lentamente, cabizbajo, con las manos cruzadas detrás de la espalda, hasta la muralla de la izquierda. Ahí se detuvo, y yo con él, y contempló vagamente el río. Estuvo así un momento. Después se volvió hacia mí con una expresión grave y directa en los ojos por naturaleza un poco febriles.

–Yo salvaré a José Algarvío –dijo–. Pero, antes de hacerlo, necesito estudiar con mucho cuidado cómo he de proceder en el asunto. Me alegro de que fuese usted, señor Claro, el que me buscase, porque es con usted con quien tengo que estudiar en serio la resolución del asunto. Dígame una cosa: ¿se le ha ocurrido alguna vez que José Alves pudiese ser sospechoso?

–¿Si se me ha ocurrido? No. ¿Cómo sabe usted que él es, o puede ser sospechoso?

–Lo he deducido de las palabras que usted no me ha dicho –hizo una pausa–. Me daría pena que usted hubiese pensado que José Alves pudiera ser sospechoso. Él es amigo suyo, ¿no es cierto?

José Alves Borba era, en efecto, muy amigo del ingeniero Claro. Había sido él quien lo había invitado a la Finca de las Viñas, propiedad de su padre.

–Si salvo a ese José Algarvío, José Alves será fatalmente detenido.

—Quizá no –dije yo.

—Lo será con seguridad. Será detenido y será condenado. Ese José Algarvío se salva con facilidad, no sería necesaria mi ayuda para nada. José Alves es el que no se salva. Es una pena. Es decir, no se salva si el caso sigue su curso en manos exclusivamente de la policía. Sólo hay un método para salvarlo: echar mano al criminal. Ahora bien, la policía no es capaz de hacerlo, porque cayó, desde el principio, en un error fundamental, en el error en que el criminal quiso que cayera.

—¿Y sabe usted, doctor Quaresma, quién es el criminal?

—Sí, lo sé. ¿Quiere que salve a José Alves?

—Sí –dije yo titubeando, sin percibir lo que seguiría.

Y se entra entonces en el curso del razonamiento final del Dr. Quaresma, que conduce a la solución clara, lógica, del caso. Ahora el narrador es el médico que descifra, no el ingeniero Claro.

El criterio de investigación que adopto, porque lo encuentro el más racional de todos, es el de dividir la investigación preliminar en tres etapas. La primera etapa consiste en determinar cuáles son los hechos incontestables, absolutamente incontestables, eliminando todos los elementos que no lo sean, o porque no hay seguridad absoluta de los mismos, o porque son conclusiones –quizá lógicas, quizá inevitables– que, aunque sacadas de esos hechos, son, en todo caso, conclusiones y no hechos. Citaré un ejemplo para aclarar enteramente lo que quiero decir con estas observaciones. Suponga que es un día lluvioso y que estoy en casa. Aparece un individuo con el traje chorreando agua. Es natural que piense: «Este hombre ha andado bajo la lluvia y por lo tanto se ha mojado». Pero bien puede ser que no haya andado bajo la lluvia, sino que hayan derramado agua sobre él aquí dentro de la casa. La mayoría de la gente consideraría un hecho que ese hombre había andado bajo la lluvia. En fin, es una conclusión –una conclusión naturalísima, pero una conclusión, o una deducción–. Si yo hubiese estado en la ventana, si hubiese visto a ese individuo venir por la calle bajo una intensa lluvia, aún sería posible, efectivamente, que la mojadura de la lluvia hubiera estado complementada por otra circunstancia cualquiera, pero algo de la lluvia habría mojado al hombre, y yo podría afirmar, en todo caso, que el hombre había andado bajo la lluvia. Y entonces eso sería un hecho.

Pues bien, en este caso del robo en la Finca de las Viñas hay algunos hechos que parecen incontestables (digo «parecen», pues se basan en testimonios que pueden ser falsos, involuntaria o deliberadamente). Esos hechos son: que cerca de la medianoche del día... de septiembre ocurrió una explosión de dinamita en la cerradura de la caja fuerte del despacho de la Finca de las Viñas; que se encontraron ese despacho y la salita aneja cerrados por dentro, abierta la ventana de la salita, y dos perros muertos por envenenamiento; que se comprobó entonces que no estaban en la caja fuerte dinamitada unos títulos (cien) de la Deuda Exterior Portuguesa, 1.ª Serie, que habían estado en esa caja fuerte; que no se encontró a nadie sospechoso en la búsqueda que se hizo inmediatamente en las proximidades de la casa; que todos los títulos robados, comprobados sus números según una lista de los mismos que existía en poder de su propietario, fueron introducidos en la circulación bancaria de la plaza sin que ninguno de ellos fuese cogido en el proceso de paso. Hechos, simplemente hechos, hay sólo éstos. Todo lo demás que quiera pasarse por hecho es simplemente deducción.

Establecidos los hechos incontestables, llegamos a la segunda etapa de la investigación. Esta etapa consiste en lo siguiente: en descubrir cuál es la hipótesis que más completamente enlaza y explica los hechos incontestables. Pero, descubierta esta hipótesis, hay que investigar qué otras hipótesis habrá que, aunque con menos probabilidad aparente, se ajusten también al conjunto de los mismos hechos. Y esas hipótesis se determinan por medio de un procedimiento simple: descubierta la hipótesis más probable, se establece en seguida la hipótesis contraria y se comprueba cuál es el grado de probabilidad que compete a esa hipótesis contraria. Establecido esto, será posible elaborar las demás hipótesis, es decir, las intermedias entre la más probable y su contraria, e ir comprobando, una a una, cuáles son sus probabilidades.

En el caso del que estamos tratando, la hipótesis aparentemente más probable es la que todo el mundo aceptó en seguida, instintivamente, hallándola tan probable que la tomó, incluso, por hecho y no por hipótesis o conclusión. Esa hipótesis es que el robo fue practicado por un individuo o individuos, extraños a la Finca de las Viñas, que envenenaron a los perros, entraron en la casa escondidos, pusieron la dinamita, robaron los títulos y escaparon después lo bastante deprisa como para no ser vistos. Conocida esta hipótesis, estableceremos la hipótesis contraria. La hipótesis contraria es que el robo no fue practicado por individuos extraños, que no se dio ninguna de las circunstancias aparentes ya indicadas. Eso es lo que constituye, como se ve, la hipótesis contraria.

Pues bien, ¿qué probabilidad se puede enlazar con esta hipótesis contraria? Como la hipótesis más probable, la más inmediata para todos, es que el robo fue llevado a cabo por extraños, y en las circunstancias indicadas, la hipótesis contraria será realmente probable sólo en un caso: si hubo intención de simular que el robo fue obra de extraños. En ese caso, la hipótesis contraria es probable; tan probable como es natural la primitiva.

Estamos, pues, ante dos hipótesis probables, y opuestas entre sí ¿Cuál de las dos es la más probable? Tenemos que considerar esto a la luz del examen de las circunstancias directas del robo, o sea, considerando: 1.º) el lugar del robo, 2.º) la hora en que el robo se llevó a cabo, 3.º) la naturaleza del objeto robado. Éstos son los tres elementos materiales del suceso.

El lugar del robo puede considerarse bajo dos aspectos: el lugar en sí mismo y la elección de ese lugar para el robo; o sea, que el robo se llevase a cabo en el despacho de la Finca de las Viñas, y que fuera la Finca de las Viñas el lugar escogido para el robo. En cuanto a que sucediera el robo en el despacho de la Finca, nada hay en ello de extraordinario, pues allí es donde está la caja fuerte, y el robo tenía forzosamente que ocurrir allí. Pero en cuanto a la elección de la Finca de las Viñas como casa que robar, el caso es diferente. ¿Qué presunción había de que la caja fuerte de la Finca de las Viñas fuera más provechosa de robar que cualquier otra caja fuerte? ¿Cómo unos extraños pudieron hacer una suposición de ese orden? Quien tuviese la habilidad y los métodos para robar como se robó en ese caso, ¿por qué escogió la Finca de las Viñas, cuando, sin desperdicio de habilidad, ni mayor riesgo, podía obtener mejores ventajas atacando otro punto? La probabilidad en este caso es, pues, favorable a una persona no ajena a la casa; una persona capaz de robar esa caja fuerte por no tener otra a mano –razón suficiente y clara–, y que se siente en la necesidad de simular el robo de un extraño para desviar la atención de alguien de dentro de la casa, entre los cuales estaría incluido él.

Ahora pasemos a la hora del robo. En cuanto a la hora del robo, resulta más rara si éste fue obra de extraños que si fue obra de alguien de dentro de casa. Entrado en la casa, el ladrón extraño deja pasar el tiempo necesario para tener la seguridad, o una gran probabilidad, de que estén todos durmiendo. ¿Para qué operar en seguida, aunque no supiera que había quedado alguien abajo? Para los extraños es la hora más espantosa que pueda imaginarse. Pero tratándose de alguien de dentro de la casa, que quisiera simular un robo llevado a cabo por extraños, la hora es exactamente la que se escogería. Casi todo el mundo estaba acostado, pero aún había alguien levantado. No había tanta gente levantada que se corriese el riesgo de cruzarse con alguien al disponer las cosas para la simulación; pero sí había el número suficiente de personas para marcar la hora –en este caso la supuesta hora– del robo y para dar la señal de que el robo se había cometido.

La naturaleza del objeto robado... Si el robo fue practicado por extraños, o iban a robar los títulos, o no iban a robar sino lo que encontrasen. Contra la hipótesis de que iban al azar, milita la propia naturaleza del robo; la manera como después fue pasada la materia robada parece indicar una preparación para disponer de ella.

En toda investigación de un hecho, cuya naturaleza se desconoce y se quiere conocer o cuyo autor se ignora y se quiere descubrir, lo que importa, por encima y ante todo, es aislar en él cualquier elemento que, siendo absolutamente indubitable, sea, al mismo tiempo, inesperado o extraño. Este robo contiene dos elementos que son inesperados o extraños: las circunstancias del robo y el hecho de que se consiguió pasar los títulos sin encontrar obstáculos. Por uno de estos dos hechos, por lo tanto, conviene que principiemos la investigación.

Pero, una vez aislados los hechos que no pueda dudarse que sucedieron, y que son raros (presumiendo, claro está, que haya más que uno), escogeremos, para verdadero principio de la investigación, aquel de esos hechos que sea susceptible de menos interpretaciones, esto es, el que parezca más misterioso. Pero el paso de los títulos es susceptible de varias interpretaciones: puede haber una complicidad con algún individuo en un banco o en la bolsa; puede haber algún error en la lista de los títulos; puede haber habido un cambio de títulos sin que se comprobase el cambio, ni por tanto se comprobasen los números. Pero sobre las circunstancias del propio robo no hay varias hipótesis plausibles. Hay simple extrañeza.

Sí. El robo fue practicado, por lo que se vio, por medio de un método ruidoso, y ni tan temprano que fuese de día, ni tan tarde que hubiese la seguridad de que estuviesen todos acostados en la casa, como en efecto no lo estaban. Pudiendo la caja fuerte abrirse por varios procedimientos que no producían ruido, se escogió precisamente uno que lo causaba; más aún, un procedimiento desusado. Resultado: se escogió un procedimiento desusado porque era innecesario y producía alarma –exactamente las razones contrarias a las que llevarían a escoger un procedimiento desusado–. Que la intención era robar los títulos es evidente, primero porque el modo misterioso como se pasaron los títulos, cualquiera que fuese, tuvo que ser objeto de preparación; segundo, porque, siendo el robo practicado con gente de dentro de casa, no habría tiempo para robar más que los títulos.

Pues bien, estas circunstancias nos llevan a una conclusión: que el procedimiento empleado para el robo fue empleado precisamente con el fin de dar la alarma. Ahora bien, no se da la alarma sino con un fin: para engañar sobre la hora del robo. Y, si consideramos que el procedimiento del robo –una explosión por medio de una mecha– es cosa que puede disponer una persona para que produzca resultado cuando esa persona no ésté presente, llegamos a otra conclusión posterior: que el robo no se llevó a cabo por la explosión de dinamita. Si no lo fue, es porque se hizo con una llave falsa, y si se hizo con una llave falsa, quien robó era una persona de la casa, que, con la explosión, quiso dar la idea de que quien había robado era una persona de fuera. Pero, si esa persona quería dar la idea de que el que robaba no era él, tenía que completar su escena teniendo cuidado de estar en un lugar donde lo viesen en el momento de la explosión y asegurarse así una coartada suficiente. En el momento de la explosión estaban todos acostados menos dos personas: el Borba padre y usted. Y, como era él el propietario de los títulos, la primera sospecha recae sobre usted.

Para que la sospecha se confirme, o se confirme más, hay que ver, primero, si poco antes de ocurrir la explosión salió usted del comedor bajo algún pretexto y tardó lo bastante como para disponer el escenario. Pues bien, usted salió con un pretexto claro –el de haberse dejado una pitillera en la habitación del aspirante–, y se demoró lo bastante como para disponer el escenario completo, de hecho una obra de minutos, sobre todo para quien, teniéndolo todo estudiado, actúa rápidamente.

El discurso directo vuelve ahora a pertenecer al ingeniero Claro, indicado como autor del robo.

El Dr. Quaresma separó las manos detrás de la espalda, me miró sin expresión y rápidamente y extendiendo de repente la mano derecha, me tocó en el hombro. Después volvió a la postura anterior, con las manos otra vez detrás de la espalda, enlazadas, y los ojos perdidos sobre el Tajo.

Como una pompa de jabón, me estalló el alma, sin ruido, dentro de mí. Quedé suspendido de un vacío interior, sin razón, sin habla, sin gesto. Si el doctor Quaresma hubiese dicho cualquier cosa, yo habría contestado cualquier cosa; habría tenido a qué adaptar mi razón y mi voz. A su silencio no pude responder nada. Su gesto era guillotinante. En el largo espacio de unos cortos segundos intenté desesperadamente formar una actitud, una palabra, un gesto, algo... No pude... y entonces comprendí violentamente cuánto puede en nosotros, si saben excitarla, la conciencia de la culpabilidad. Si yo hubiese sido inocente, habría dicho algo, habría sucedido algo. Con cada fracción de segundo de mi silencio mi culpabilidad llenaba el espacio. Con cada fracción de mi conciencia de ese silencio aumentaba mi incapacidad de hablar, de actuar, de defenderme. Mi derrota era completa. Al final de lo que debieron de ser pocos segundos lo reconocí enteramente.

El Dr. Quaresma apartó la mirada del Tajo pero no la pasó por mí. Se volvió de espaldas al río y me dijo, con un tono que nada de lo anterior permitía esperar:

—¿Y si nos fuéramos?

Y, al avanzar él hacia el Arco de la Rúa Augusta, avancé, silencioso, a su lado, soterrado en mí mismo bajo la acusación definitiva que no se había proferido.

En medio de la plaza el Dr. Quaresma volvió hacia mí el rostro, pero no los ojos, y dijo:

—¿Qué piensa hacer?

Tuve un gran deseo de llorar, de pedirle perdón, a él, a quien nada había hecho. Durante un momento no pude hablar. Después encontré que mi voz le decía:

—No lo sé.

Y añadí, pasado un momento:

—Usted dirá.

El Dr. Quaresma me miró entonces de lleno, y me dijo con gran sencillez:

—Yo no tengo nada que decir. Como ha visto, he descifrado su caso, puedo decirle que con mucha facilidad. El resto es cosa suya.

La carta mágica[*]

El ingeniero Francisco de Almeida e Sá busca al inspector Guedes, de Investigación Criminal, y le cuenta el misterioso caso de la desaparición de una carta. Había sido escrita por el padre, que le había recomendado su entrega a Simas, un viejo amigo que había de regresar de África.

Hasta la llegada de éste a Lisboa, la carta había estado guardada en un banco. Después el ingeniero se la había llevado a casa a su caja fuerte particular, de donde la había retirado el día en que iba a visitarlo el amigo del padre.

---

[*] Respecto a los fragmentos existentes para la construcción de esta historia, se procedió de manera semejante a lo que se hizo con el cuento anterior. También en este caso, en la imposibilidad de poseer un hilo completo de la intriga, pareció mejor sustituir la reproducción de diálogos extensos y muy fragmentados, que podrían no constituir la forma definitiva de las intenciones del autor, por una síntesis de lo que sería la narración en el momento en que tiene la palabra la investigación.

A petición de su mujer –contó además el ingeniero Sá– acompañó a ésta a la calle, poco antes de la llegada de Simas, a comprar unas pastas para el té. Pensó primero dejar la carta en poder de la criada. Pero por sugerencia de su mujer...

–... entonces mi mujer cogió la carta y la puso encima de una mesa pequeña que hay al fondo del salón, llamó a la criada, le indicó la carta y le dio órdenes, diciéndole incluso que si viniera alguna otra persona, que no se marchara al saber que nosotros no estábamos, y si fuese necesario hacerla pasar al salón, que sacase discretamente la carta de allí y después se la diese en mano a Simas, cuando éste llegase. Después cerramos la puerta con llave...

»... Mi mujer puso la carta encima de la mesita, apoyada en un jarrón, y después vino a la puerta del salón en donde yo estaba y llamó a la criada. Le señaló la carta en el fondo del salón y le dio las órdenes. Todos nosotros, yo, mi mujer y la criada, vimos la carta allí. Después se cerró la puerta con llave sin que nadie más entrara o diera un paso hacia el interior de la misma.

–¿Y la llave?...

–Quedó en la puerta. Dimos vuelta a la llave sólo para evitar que entrase el pequeño. Él tiene edad para abrir la puerta con el tirador, pero no tiene habilidad ni altura suficiente para darle vuelta a la llave.

El inspector Guedes se concentró en el ingeniero.
—Bien, ¿y después?
—Después mi mujer fue a ponerse el sombrero, y yo fui a beber un vaso de agua al comedor. La criada se fue a la cocina. Salimos inmediatamente.

El misterio se adivina. Reside simplemente en la desaparición de la carta del interior de un cuarto cerrado, que tiene dos puertas (a lo largo del texto se verá que tiene dos puertas), y existiendo la seguridad de que no fueron abiertas.

En casa del ingeniero, además de él, viven su mujer, un hijo del matrimonio, todavía pequeño, y la criada, una vieja que lleva muchos años a su servicio. El ingeniero declaró, finalmente, al inspector Guedes que cuando regresó a casa, con su mujer, ya había llegado Simas, y que la criada estaba muy afligida, porque al ir a buscar la carta, no la había encontrado.

El inspector Guedes, más tarde, conversando con el Dr. Quaresma, le expone sus conclusiones...

—Consideré el caso de esta manera —dijo Guedes—. O la carta la robó una sola persona, sin estar en combinación con otra, o la quitó alguien en combinación con alguna otra persona. En la primera hipótesis, no podía haber sido sustraída sino por la vieja criada (única persona en la casa capaz de hacerlo, pues me pareció que el niño era demasiado pequeño para recibir y cumplir un encargo de ese tipo si alguien se lo hubiese hecho). En la segunda hipótesis, y sin hablar ya del pequeño, claro está, la combinación podía ser una de las siguientes: entre marido y mujer, entre marido y criada, entre los tres y entre Simas y la criada.

»Dejé de lado la hipótesis de la combinación entre los tres. Con los tres combinados, no era necesario armar un lío tan misterioso y tan incomprensible; en poco tiempo se puede conseguir algo más adecuado, algo que, desorientando a la policía (si había intención de consultarla, como la hubo), en todo caso hiciese posible que recayeran sospechas sobre personas ajenas a la casa, no haciéndolas recaer sólo sobre los participantes del plan.

»Dejé de lado la combinación entre marido y mujer, porque estaban ausentes de casa y la criada garantizaba que la carta estaba encima de la mesa cuando se cerró con llave la puerta del salón. Sólo podrían haber robado la carta por intermedio de la criada, y eso nos llevaría a la combinación entre los tres, que yo ya había desechado.

»Más probable era la combinación entre uno de los cónyuges y la criada y, de las dos hipótesis, es más probable la de que la combinación fuera entre el ingeniero y la criada, pues ésta era una antigua criada de la casa de él, y no de la casa de la mujer, y, por tanto, era mayor el afecto que le tenía a él que el que tenía a su mujer, cualquiera que fuese éste. Por otro lado, las circunstancias apuntaban más hacia una combinación en que estuviese comprometida la mujer –ella era la que había tenido la idea histérica, o fingidamente histérica, de ir a pasear de forma que Simas no los encontrara en casa; ella era la que había tenido la idea de poner la carta encima de esa mesa y de cerrar la puerta con llave, es decir, de disponer el escenario en donde sucedió todo este lío–. Pero no me pareció probable que la mujer fuese a establecer con la antigua criada de los padres del marido, dedicada como estaba a él, una combinación que, fuese lo que fuese, iba dirigida contra el marido. Por lo tanto, sin ser absolutamente imposibles, las dos hipótesis eran improbables. Y así las consideré aún más cuando reflexioné que quedaba en pie la inutilidad de montar un misterio de ese orden y de hacer depender su ejecución de una criada que no era muy de suponer que pudiese resistir a un interrogatorio de la policía.

»Y en cuanto a la hipótesis de una combinación entre la criada y Simas, la deseché también: la criada apenas conocía a Simas, y, aunque en este caso ya no sería muy absurdo el misterio, pues la carta tenía que desaparecer en medio de circunstancias creadas por otros, había varias maneras mucho más prácticas de preparar el caso, y tal enredo difícilmente podía ocurrírsele a una criatura tan tosca como la criada, ni a un hombre de negocios como Simas.

»Tuve, pues, que considerar como lo más probable que la carta había sido sustraída por una sola persona, actuando independientemente. El marido y la mujer no eran, con seguridad, ya que estaban fuera de casa. Había, pues, que escoger entre la criada y Simas. La criada había dicho, sin embargo, que en cuanto abrió la puerta vio que la carta no estaba encima de la mesa. Simas ni siquiera había entrado aún en el salón. Estamos pues en la hipótesis de que la criada robó la carta, y por su cuenta, o quizá por cuenta de alguna persona que no está entre las que conocemos. No veo, en buena lógica, otra solución.

»Pues bien, doctor, le confieso que mis dos interrogatorios de la criada no me han dejado muy satisfecho con esta hipótesis, a pesar de que no veo otra mejor. Usted sabe que estoy muy acostumbrado a tratar con delincuentes comunes, es decir, vulgares o gente del pueblo, y que a toda esa gente la conozco yo muy bien. Tienen a veces mañas que engañan a personas más inteligentes que yo, pero a mí es raro que me engañen. Y, doctor, esto no es argumento, sino una certeza mía, mi impresión directa de la criada es que ella no tiene nada que ver con el caso. Y en ésas estoy.

Guedes dejó el pitillo en el cenicero y apoyó las manos en las rodillas. Quaresma le sonrió y dio una chupada al puro.

—Todo eso es perfectamente lógico, pero un tanto inconcluyente.

—Absolutamente inconcluyente... Y yo he venido aquí a molestarle a usted, doctor, para que me diga si hay algún procedimiento de investigación, alguna orientación que yo pueda seguir para encontrar al menos una pista del misterio. ¿Cree al menos que es posible, doctor, con los datos que tengo, resolver el misterio?

—Yo ya lo he resuelto —dijo el Dr. Quaresma.

—¿Qué? —medio gritó Guedes.

—Los datos son totalmente suficientes para la solución total del problema. Lo he resuelto completamente.

—¿En qué sentido, doctor?...

—En el sentido de que sé quien robó la carta, cómo la robo, y cuál era su contenido.

Se supone que el contenido de la carta tuvo una influencia casi fundamental en el razonamiento del Dr. Quaresma. Por desgracia, este punto no pudo comprobarse por medio de los fragmentos encontrados. Se deduce, con todo, la idea de que alguien, quien sustrajo la carta, temía su contenido.

Sigue la discusión del problema hecha por el que lo descifró:

—En todos los casos en que hay un delito, o se presume que hay un delito —dijo el Dr. Quaresma—, hay que considerar, una vez que el hecho está definitivamente establecido, cinco circunstancias diferentes, todas ellas relativas al delito, o al supuesto delito, y todas ellas relacionadas entre sí, de modo que, si se ignoran unas, se pueda llegar a ellas mediante las que sí se conocen. Y el procedimiento será siempre el mismo: primero, determinar bien cuáles de esas circunstancias son conocidas; segundo, siendo conocidas, determinar si son conocidas enteramente, o si no lo son enteramente; tercero, convertir en enteramente conocidas las circunstancias que lo son imperfectamente. Hecho esto, entraremos en otro capítulo de la investigación lógica; por ahora, limitémonos a éste.

»Las cinco circunstancias de que he hablado con relación a un delito, o presunción de delito, son las siguientes: primero, en dónde fue cometido; segundo, cuándo fue cometido; tercero, cómo fue cometido; cuarto, por qué fue cometido; quinto, quién lo cometió. Las dos primeras circunstancias son materiales; las dos últimas inmateriales; la tercera participa de las dos.

»En el caso presente, y partiendo del principio aceptable, aunque no podamos llamarlo definitivamente establecido (tal es la confusión que producen los testimonios directos), de que el delito (esto es, el robo de la carta, considerémoslo así, sin más examen de momento) se llevó a cabo en el salón de la casa del ingeniero, y entre las horas de salida de éste con su mujer y de la llegada del destinatario de la carta, sabemos ya, perfectamente, el dónde y el cuándo del crimen. Si no hay ningún vicio o falseamiento del testimonio, tenemos estos dos puntos por fijos.

»Los otros tres puntos, no obstante, son oscuros. No sabemos, de entrada, cómo se sustrajo la carta; no lo sabemos, puesto que desconocemos, ni suponemos siquiera cuál era, su contenido, por qué motivo habría sido sustraída; y no sabemos quién la sustrajo.

»Estos tres puntos, digo, son oscuros. Veamos, con todo, si son igualmente oscuros. De inmediato, a primera vista, descubrimos una cosa: que, mientras que el autor del delito es desconocido, y que el motivo del delito es desconocido, el método del delito no sólo es desconocido, sino extraño. Pero el ser extraño ya es algo; de lo que se sabe que es extraño no se puede decir que no se sabe nada, porque se sabe que es extraño, y eso es ya saber algo.

»Entramos ahora en el segundo estadio de nuestra investigación. Se resume a dos procedimientos lógicos: primero, ¿cuál de los elementos desconocidos es menos desconocido? Segundo, ¿cuál de los elementos desconocidos es más extraño? El más extraño será más fácil como elemento de investigación, porque cuanto más extraño es el hecho, menor es el número de hipótesis que pueden explicarlo.

—¿Por qué, doctor? —preguntó Guedes.
—¿Por qué qué? —le interrogó el Dr. Quaresma.
—¿Por qué cuanto más extraño es un hecho, menor es el número de hipótesis que pueden explicarlo?
—Porque lo extraño es lo desusado, y hay, evidentemente, menos causas para lo desusado que para lo vulgar. Si mañana aparece muerto en una calle de Lisboa un hombre que asesinaron de un navajazo, usted, sólo del navajazo (no me refiero ahora a la identidad del hombre y a las conclusiones que puedan sacarse de ellas), no podrá deducir mucho en cuanto a la naturaleza del criminal. Si a ese hombre lo asesinaron con una puñalada de un puñal fino, se restringe forzosamente el número de criminales posibles. Si fue asesinado con una saeta, podrá haber dificultad material de acertar con el criminal, pero no habrá dificultad en eliminar de inmediato a un gran número de criminales. ¿Me entiende, verdad?

—Perfectamente.

—Pues en este caso —siguió Quaresma— lo poco que se sabe y la extrañeza se reúnen en el mismo elemento de investigación: en el modo en que se llevó a cabo el delito. Es sobre este elemento, pues, sobre el que tiene que incidir el curso de nuestra investigación.

»Veamos bien en qué consiste la extrañeza. Consiste en la desaparición de una carta de una habitación herméticamente cerrada. Apuremos más, lógicamente: se trata de la desaparición de un objeto inanimado de una habitación cerrada. Y ahora, mi querido Guedes, apuremos aún más, y llegamos al punto que usted no ha visto. Ese punto es la naturaleza del objeto desaparecido. Usted consideró la desaparición de una carta de una habitación cerrada como análoga a la desaparición de cualquier objeto inanimado de una habitación cerrada. No tuvo en cuenta que una carta no es un cadáver ni un cajón: es un objeto pequeño, caracterizado, sobre todo, en general, por su extrema delgadez. En pocas palabras, una carta es un objeto inanimado que pasa por una hendidura, por una grieta, mientras que no ocurre lo mismo con objetos, inanimados o no, de mayor espesor.

–¡Hombre de Dios! –dijo el Inspector Guedes–. Me dan ganas de irme a aprender a andar.

–Es sencillo, ¿no? –preguntó Quaresma.

–¡No me hable más de eso, doctor! Siga...

–El problema, visto así, se transforma en seguida. No se trata de la desaparición de un objeto de una habitación herméticamente cerrada. Se trata de la desaparición de un objeto plano, que, si en la habitación hay hendiduras o grietas por donde quepa, no desaparece de una habitación herméticamente cerrada en cuanto a ese objeto. ¿Lo he expuesto bien?

—Mejor que bien, doctor. Siga adelante...

—Pero qué hendiduras o grietas habría en el salón del ingeniero. Cerradas las ventanas, es de presumir que no hubiese ninguna. La casa, por lo que usted me dijo, es de buena construcción, y en esas casas las ventanas son cuidadas en ese sentido; además, la salida por las ventanas no parece muy indicada, puesto que no son de balcón y están en un segundo piso alto.

»Nos quedan las hendiduras o grietas por debajo de las puertas, y ésas con seguridad que existen, porque en todas partes existen, excepto en donde una alfombra o un hule está arrimado justo a la puerta, y, aun así, es incómodo si no se abre hacia afuera. Podemos resumir, pues, que hay dos salidas posibles para una carta, en esa habitación ya no herméticamente cerrada: la grieta que hay debajo de la puerta de entrada y la grieta que hay debajo de la puerta cerrada. Pero, como es la puerta cerrada la que está frente a la mesa pequeña en donde se puso la carta, es la grieta que hay debajo de esa puerta la que está naturalmente indicada como el posible punto de salida.

»Consideremos, ahora, de qué modo se puede hacer salir la carta de encima de la mesa hacia afuera de la habitación, a través de una grieta que hay debajo de esa puerta. No hay mucho que pensar: un hilo unido a la carta por un alfiler o cualquier otra sujeción de poco volumen y altura;

ese hilo, preparado anteriormente, pasado desde el pasillo por debajo de la puerta, hasta la mesa; (con el alfiler en la punta) la colocación de la carta encima de la mesa, prendiéndola al alfiler que ya estaría allí; una vez cerrada la puerta, la persona que preparó todo esto saldría al pasillo, tiraría del hilo y la carta vendría a remolque por el salón adelante, pasaría por debajo de la puerta y desaparecería para siempre. Pues...

El Inspector Guedes se levantó de la silla, con la cara como un tomate, y, dando un formidable puñetazo en la mesa, pronunció una serie de exclamaciones que, como constaban principalmente de palabras excluidas de los diccionarios vulgares y esta narración no pretende sino usar las comunes, no serán transcritas aquí.

—Perdón, doctor... —dijo Guedes, y volvió a sentarse.

—Una cosa facilitaría extraordinariamente esta maniobra; quiero creer, incluso, que quizá fuese lo que de alguna manera la sugirió: el color común de la alfombra del salón y del paño de la mesa. Un hilo de seda verde oscuro, o un hilo de seda verde vulgar duplicado, cualquiera de esas cosas serviría.

Y, ahora, habiendo determinado el único modo probable como la carta habría sido extraída de la habitación seudocerrada, inmediatamente aclararemos quién la sacó. Fue la persona que la puso allí.

Y cuando vemos que esa persona fue quien sugirió la idea del paseo y de la ausencia cuando Simas llegase; cuando notamos que esa persona es de un temperamento histérico, y, por tanto, predispuesto a cosas imaginativas y disparatadas, la desaparición de la carta queda no sólo resuelta, sino nítidamente explicada, en el modo y en la razón del modo.

Hemos llegado, pues, a dos conclusiones: sabemos cómo se sacó la carta y sabemos que quien la sacó fue la mujer del ingeniero.

El puro de Quaresma se había apagado. En la suspensión del argumento, el descifrador encendió una nueva cerilla y reanimó la vida de la nicotina. Pero, antes de que hablase de nuevo, Guedes, que había estado hasta entonces en un crepúsculo de apoplejía, de pasmo y de imaginación, estalló otra vez.

Termina así el aspecto puramente deductivo del problema de la habitación cerrada, tema que ha tentado a la generalidad de los escritores policiacos. Hasta aquí el Dr. Quaresma es el mismo que hemos visto en «El Robo de la Finca de las Viñas». De ahora en adelante, sin embargo, va a entrar en el camino de la determinación psicológica del criminal. Y le explica al Inspector Guedes:

–Hay tres estados mentales distintos, aunque se confundan sus fronteras, como todo. Hay el estado mental normal, hay el estado mental anormal pero no loco y hay el estado mental de locura.

»¿Qué es el estado mental normal? Es aquel en que hay un equilibrio de los elementos mentales, una armonía entre ellos, de suerte que los actos del individuo no se distinguen de los actos de la generalidad de los individuos, en el tipo, por lo menos, si no en calidad.

»Es evidente que los elementos mentales varían en grado de hombre a hombre, y que los elementos mentales no están desarrollados por igual en el mismo hombre. Si así es, ¿en qué consiste la llamada normalidad, o sea, el equilibrio entre esos elementos, necesariamente más acentuados unos que otros? ¿Cómo nace la armonía de la desigualdad? Del hecho, evidentemente, de que esa desigualdad es limitada, y de que ningún elemento es deficiente o excedente hasta tal punto, en relación con los otros, que perturbe la armonía. ¿Y qué es perturbar la armonía? Es que esa deficiencia o excedencia se manifieste de tal modo que entorpezca la actividad de los otros elementos. Cuando, por ejemplo, el instinto de ganancia está desarrollado hasta tal punto que entorpece la acción del sentido moral o social, o concomitantemente, el estilo moral o social está atrofiado hasta tal punto que no inhibe el sentido de ganancia, hay una ruptura de equilibrio y el individuo en el que esto sucede es un anormal.

»Supongamos, con todo, que el elemento mental emergente, o por excedencia o por deficiencia, es excesivamente emergente. En vez de estorbar a este o a aquel otro elemento mental en su acción, estorbará a más de uno, y así, en el progreso de la escala de la anormalidad, la emergencia de ese elemento irá invadiendo el espíritu entero. Esta invasión del espíritu entero por parte de un elemento mental excesivamente deprimido o exaltado es lo que se llama la locura. Así como entre ciertos estados de normalidad y los primeros estados de anormalidad no hay distinción muy fácil, entre los estados graves de anormalidad y los estados primitivos de la locura no es fácil, tampoco, la distinción.

»Pero la invasión del espíritu entero, por la deficiencia o excedencia de un elemento, se revela de una de tres maneras diferentes: por la depresión mental, como en la idiotez y en la demencia; por la confusión mental, como en las locuras cuyo distintivo es el delirio o la perturbación general del espíritu, y por la adulteración central de las operaciones del espíritu, como en la llamada locura lúcida o paranoia.

»La locura se caracteriza, esencialmente, por la pérdida de la adaptación mental a lo que llamamos la realidad, o sea, por la incapacidad de distinguir entre los fenómenos subjetivos. La locura es soñar despierto sin darse cuenta.

»En el hombre normal, los motivos de las acciones son normales y las maneras de ejecutarlas son normales también. El hombre normal es vulgar en sus motivos de acción y banal en la manera de ejecutarlos. En el hombre anormal, pero no loco, o los motivos son anormales y la ejecución es normal, o los motivos son normales y la ejecución es anormal.

»En el hombre normal hay una adaptación entre el motivo y la ejecución; en el anormal hay una inadaptación; en el loco hay una adaptación falsa.

»En el hombre normal, los motivos de la acción son normales, y los procedimientos, normales también; hay una adaptación de unos a otros. En el hombre anormal pero no loco, los motivos son anormales, y los procedimientos, correspondientemente anormales; hay la misma adaptación entre unos y otros. En el loco esta adaptación cesa; y, ya sean los motivos normales o anormales, y los procedimientos normales o anormales, o tenemos un motivo normal con un procedimiento anormal o tenemos un motivo anormal con un procedimiento también anormal, pero no ajustado a ese motivo.

»Voy a darle un ejemplo en que esto aparecerá claro. Un individuo va por una calle adelante, y otro, al pasar, le pisa un pie. El hombre normal siente el dolor, protesta, y se irrita más o menos, según su temperamento particular, pero su irritación no pasa de cierto límite. El hombre anormal, si su anormalidad es de ese tipo, bien entendido, se irrita violentamente, y o pone verde al que le ha pisado con un exceso que el caso no justifica o incluso, y sin más, se abalanza sobre el ofensor. Aquí la anormalidad consiste en el exceso de irritación sentido, pero, admitido ese exceso de irritación, la violencia está perfectamente de acuerdo con él, porque el hombre normal, si hubiera sentido ese exceso de irritación, habría actuado del mismo modo. Supongamos, no obstante, que el individuo pisado se irrita, calla su irritación, determina el individuo que lo pisó y sigue meditando en ello, llegando por fin a construir dentro de sí una larga historia en que el transeúnte casual es emisario de determinados enemigos suyos, que le encargaron pisarle un pie para arruinarle el día o para molestarlo. Aquí la reacción al estímulo exterior está enteramente disconforme con el estímulo.

»Me estoy refiriendo, por supuesto, a un tipo especial de locura. El pisado puede estar loco y reaccionar simplemente como el hombre normal, o como el hombre simplemente anormal; su locura no es de la especie de reaccionar locamente en un caso de éstos.

»En el caso de esa mujer, ¿qué haría una mujer normal? Procuraría obtener la carta por un medio normal; si eso fallara, desistiría de obtenerla, y o confiaría en que nada resultara o se resignaría al destino que le cayese encima; podría, incluso, en una exaltación temporal, huir o suicidarse. Sería un episodio anormal dentro de la normalidad, pero la anormalidad resultaría de las circunstancias, no de la persona.

»En el caso de esa mujer, ¿qué haría una mujer anormal? Dada la gravedad del caso, actuaría de un modo extravagante y anormal, pero congruente con su perturbación. En otras palabras, actuaría como una mujer normal, pero excesivamente. O escaparía o se mataría de inmediato, antes incluso de ver nítidamente el desastre; o intentaría obtener la carta por artes de fascinación y seducción, preparadas como mejor pudiese y bajo la presión de la gravedad del asunto; o robaría la carta por un golpe de audacia arriesgado; o suministraría alguna droga al marido, para quitarle las llaves de la caja fuerte y robar la carta. Reaccionaría como una persona normal, sólo que con más audacia, con más tensión, o más sutileza.

»En el caso de esa mujer, ¿qué haría una mujer loca? En el caso de una locura de depresión, no haría nada. En el caso de una locura de perturbación enloquecería más, o enloquecería definitivamente, si no estuviese aún plenamente loca; en el caso de una locura lúcida, procuraría complicar el asunto por medio de cualquier estratagema absurda y minuciosa, o procuraría robar la carta por medio de cualquier estratagema extravagante pero banal.

Banal, mi querido Guedes: llamo su atención sobre ello. La maña del loco es compleja, sutil, pero sin originalidad. Eso se ve bien en las composiciones literarias de los alienados: son extravagantes de ideas o de expresión, pero, en el fondo, de una gran banalidad. Y así se comprende que deba ser: es en las esferas mentales superiores en donde se elabora la originalidad, y son precisamente las esferas mentales superiores las que se ven entorpecidas por la locura. Quedan las esferas mentales inferiores, cuya actividad es puramente imitativa.

–Pero entonces, doctor...

–Exactamente... Va usted a decir que el acto de esta mujer no corresponde a ninguno de los tres casos, que ni es el acto de una mujer normal, ni el de una mujer anormal, ni el de una mujer loca.

–Exactamente, pero entonces qué demonio...

–Pues es justamente ése el punto que he querido aclarar: que el acto de esta mujer no corresponde a ninguno de los tres tipos de mentalidad humana. Es anormal en otro sentido; en el sentido lógico, y no psicológico, por así decirlo.

Quaresma reencendió el puro, mientras Guedes no apartaba de él la expresión atenta de sus ojos.

–Si esta mujer actuó de una manera que no corresponde a ninguno de los tres tipos de mentalidad humana, es que está, por el momento, fuera de esos tres tipos. Quiere esto decir que está en algún punto intermedio entre dos de esos tipos.

Ahora bien, ¿cuáles son las características distintivas del procedimiento que empleó para robar la carta? Son, evidentemente, la extravagancia innecesaria y la perfecta habilidad o maña con que se puso en práctica esa extravagancia. La extravagancia innecesaria es la característica del acto normal. La habilidad, o maña, puede ser característica de la normalidad o de la locura. En ambos casos, con todo, la maña es banal; y aquí la maña fue banal; la extravagancia está en el procedimiento, pues la habilidad con que fue puesto en práctica no sale de la banalidad. Llamo su atención sobre este hecho: la habilidad para hacer que el marido saliera con ella ese día, el aparato de poner la carta encima de la mesa, recomendar cuidado a la criada, y todo lo demás, son actos de maña banal; simplemente se ajustan a un procedimiento anormal fundamental. Pero la maña banal del individuo normal y la maña banal del loco difieren en un punto: la maña banal del normal es banal porque el normal usa procedimientos banales, y por eso los pone en práctica banalmente; la maña del loco es banal porque la ruina mental no le permite el empleo de la originalidad. Y la maña del loco se ajusta siempre a procedimientos locos o a motivos locos. Aquí tenemos, pues, o una maña banal unida a un procedimiento anormal o una maña de loco unida a un procedimiento anormal. Pero la maña es un empleo de la inteligencia, y el empleo de la inteligencia difiere, del hombre normal al loco, en que en el loco sirve solamente para darle expresión a la locura, mientras que en el hombre normal no es sólo expresiva sino inhibitoria, pues, son ésas, salvo en el loco –en quien la inhibición se acabó–, las dos funciones de la inteligencia. Si, por tanto, la maña de esta mujer fuese normal, el primer resultado sería rechazar el procedimiento extravagante de robar la carta, inhibir el impulso que le sugería que la robase así. Como no fue esto lo que sucedió, como la maña fue expresiva y no inhibitoria también, comprobamos que el acto de esta mujer es un acto de una persona que está en el punto intermedio entre la anormalidad y la locura.

»Ahora bien, mi querido Guedes, no hay clase mental intermedia entre la anormalidad y la locura.

–¡Precioso! –exclamó Guedes–. ¡Eso último sí que está clarísimo!

–Verá como sí lo está –respondió Quaresma, riendo–. No hay clase intermedia entre la anormalidad y la locura, porque no hay un punto fijo entre las dos. El espacio intermedio es dinámico y no estático. Estar entre la anormalidad y la locura no significa estar entre la anormalidad y la locura; significa estar pasando de la anormalidad a la locura. Este acto, mi querido Guedes, es el último acto racional de esa pobre mujer. En cualquier caso, la paranoia sería inevitable, pero creo que este incidente de la carta la hará surgir más temprano. Lo más grave del caso es el éxito del robo.

—¡Ésa sí que es buena! ¿Por qué?

—Porque va a intensificar el egocentrismo exagerado, que es uno de los fenómenos mentales en los que se basa la paranoia. Esa mujer está hoy llena de júbilo por lo que ha conseguido hacer. Se siente superior a toda la familia. Su tendencia a mandar y a dominar se va a agravar de hoy en adelante. Esa mayor presión de dominación va a despertar oposiciones, blandas o no, pero las va a despertar. Gradualmente la vida familiar se irá volviendo mas difícil; esas oposiciones y resistencias, por blandas que sean, se irán acentuando, y sobre todo se irán acentuando para esa alma concentrada en sí misma. Ella intensificará más la presión; las resistencias aumentarán, por blandas que sean siempre. Entonces esa mujer sentirá que a su alrededor sólo tiene enemigos. Empezará a pensar en qué es lo que querrán hacerle. Y la paranoia entrará entonces en la fase persecutoria. En otras palabras, se declarará la locura.

—¡Una suerte para la familia, no hay duda! —dijo Guedes—. La meten en un manicomio y todo arreglado.

—No tan arreglado como usted cree. En primer lugar, en la paranoia no se pega uno con la cabeza contra las paredes, ni se dicen disparates. El espíritu, viciado centralmente, está perfectamente lúcido en su superficie; el raciocinio, sobre todo, por donde la mayoría de los profanos miden la locura, estará intacto. Simplemente razonará siempre sobre datos falsos, provenientes de un estado alucinatorio central. Irá a un manicomio, sí, después del examen clínico que seguirá al asesinato que cometa, o que (ojalá sea así) solamente intente cometer.

–¿Qué? ¿Prevé usted, doctor, que intente matar a alguien?

–Tengo la seguridad absoluta. La fuerza de su mentalidad, la habilidad real que tiene, son características no del simple perseguido, sino del perseguido-perseguidor, esto es, del perseguido criminal. Fíjese usted: su espíritu seguirá lúcido, su maña, perfectamente saludable. Ahora imagínese usted a la criatura que concibió ese robo de la carta aplicando esa misma maña en asesinar a alguien.

El jefe Guedes se pasó la mano por la frente.

–¡Caramba! –dijo–. Es alentador. ¿Y a quién le pegará el tiro ese demonio?

–No pegará ningún tiro. El arma será el veneno.

–La más simpática de todas... ¡Leñe!... ¿Y por qué el veneno, doctor?

–Ya sabe usted: una cosa es la mentalidad típica del loco, en este caso la de la paranoica, y otra cosa son las cualidades temperamentales de la persona, independientemente de su locura y de las cualidades especiales que proceden de esa locura. Así como hay locos altos y bajos, rubios y morenos, así hay locos violentos por temperamento, y locos astutos por temperamento. Evidentemente, la operación de la locura, siendo en unos y otros idéntica en cuanto a los resultados generales, alcanzará esos resultados generales por los medios correspondientes al temperamento particular de cada loco. Esta mujer tiene la mentalidad que acabará en la paranoia de perseguido-perseguidor. Por ese lado su mentalidad la llevará al asesinato, tanto más que su dureza, su frialdad naturales, intensifican la amoralidad de ese tipo de locura. Pero, aparte de eso, ella es, por temperamento, no expansiva y violenta, como podría serlo, sino concentrada y astuta. Este mismo caso de la carta nos lo ha demostrado suficientemente. Cuando ella, por lo tanto, llegue al punto de locura necesario para querer matar, para creer necesario matar (según su mentalidad), buscará el modo de matar acorde con su astucia y su sutileza, y ese modo es el veneno, que obtendrá con gran facilidad, dada esa misma astucia. Añádase que, por ser mujer, tendería ya, por su sexo, hacia las formas de crimen características de ese sexo, y el veneno, la droga, es el arma que más fácilmente se le ocurre al sexo astuto.

–¿Y a quién envenenará, doctor? ¿Su razonamiento puede llegar hasta eso?...

–No sé bien si llega, Guedes. Pero quiero creer que puedo llegar hasta eso. Debe de envenenar al marido... Creo que siendo casi fatal la conclusión de que llegará al asesinato, es de concluir que matará al marido. Veamos. Es al marido a quien está unida, y es en el marido, por lo tanto, en quien verá la mayor oposición para comenzar a imaginar enemistades. Es liberándose del marido como se sentirá libre. Es al marido a quien más domina y en cuya resistencia sentirá más viva la supuesta enemistad. Las resistencias ajenas –de la criada, del propio pequeño, de quien quiera que sea– las atribuirá a maniobras del marido. Además, ella no lo quiere. Todo eso se concentrará en un propósito firme que, sin duda alguna, ejecutará con una gran seguridad y firmeza. La paranoia no perjudica los movimientos mentales...

El arte de razonar[*]

—La manera de investigar un caso de éstos consiste —comenzó Quaresma— en tres estadios de raciocinio. El primero consiste en determinar si de hecho hubo crimen. El segundo, una vez determinado eso positivamente, consiste en determinar cómo, cuándo y por qué fue cometido el crimen. El tercero, por medio de elementos recogidos en el curso de estos dos estadios de investigación, y sobre todo del segundo, consiste en determinar quién cometió el crimen.

---

[*] En este fragmento, perteneciente a la novela policiaca *El caso Vargas*, a la que Fernando Pessoa alude en su primera carta sobre la génesis de los heterónimos, se construye el ordenamiento de la investigación por medio de tres procedimientos de raciocinio: el procedimiento psicológico, el procedimiento hipotético y el procedimiento histórico. Este fragmento sería una parte del capítulo IX, sobre la metodología o el arte de razonar.

»El raciocinio, o más latamente la inteligencia, trabaja sobre sensaciones, datos suministrados por los sentidos, nuestros o ajenos, que jurídicamente se llaman testimonio. Cuando, finalmente, el raciocinio trabaja sobre esos datos, pesando lo que vale el testimonio, comparando unos con otros, y, cuando ello sea posible, obteniendo por medio de unos datos otros hasta entonces desconocidos, llegamos a la posesión de lo que llamamos «hechos». Al raciocinio que, trabajando sobre los datos de los sentidos, extrae de ellos los hechos, podemos llamarlo raciocinio concreto.

»Cuando los datos proceden de testimonios verificados; cuando comparados entre sí no hay entre ellos contradicción; cuando, o en sí mismos, o con otros a cuyo descubrimiento conducen, son lo bastante abundantes para que los hechos resultantes formen un conjunto coherente, armónico y lógico que nos permita comprobar sin ninguna duda el suceso del que esos hechos son los detalles, cuál fue su naturaleza, causa y fines, entonces la investigación está concluida y basta el razonamiento para concluirla.

»Raras veces, no obstante, y en raros casos ocurre esto cuando el suceso no es simple, es decir, que no está formado por un pequeño número de detalles y éstos son fácilmente comprobables. Siempre que el caso es más complejo y oscuro tenemos que luchar con las dificultades de la inseguridad de los testimonios..., de la escasez de datos, lo que hace difícil compararlos, y de la falta de relación entre ellos, lo que hace difícil que a través de ellos se descubran otros aún ocultos. Ahora bien, en casos de crimen, los datos tienden a ser dudosos, escasos, y, por ser escasos, mal relacionados. Quien comete un crimen, salvo si es un crimen brusco, de pasión o locura, procura dejar el menor número posible de pistas... De ahí la escasez de datos, y, en virtud de esa escasez, la falta de relación entre ellos, pues entre lo que es escaso en número las relaciones tienen que ser necesariamente escasas en número también. Finalmente, en caso de crimen, tienden a abundar las razones para que haya testimonios dudosos. El carácter secreto del crimen contribuye a que lo que del mismo se observa sea imperfectamente observado; el carácter interesante del crimen tiende a producir testimonios de naturaleza involuntariamente conjetural, por los elementos y motivos que sugiere...

»Es en esta ocasión cuando, como último recurso lógico, tenemos que echar mano del raciocinio abstracto. El raciocinio abstracto emplea uno o más de tres procedimientos: el procedimiento psicológico, el procedimiento hipotético y el procedimiento histórico.

»El procedimiento psicológico es un simple desarrollo de la acción del raciocinio concreto: consiste en profundizar en la analogía de los datos, no para saber cuál fue la naturaleza del suceso, sino cuál fue el estado mental que produjo, o los estados mentales que produjeron ese suceso. Cierto testigo dice que cierto hecho sucedió a las cuatro de la tarde; otro dice que sucedió a las cuatro y media. El raciocinio concreto procura determinar a cuál de esas horas ocurrió el suceso, o más profundamente, a qué hora ocurrió, pues puede suceder que no hubiera ocurrido a ninguna de aquéllas. El raciocinio abstracto, sabido que uno o ambos testigos están equivocados, procura saber por qué se equivocó o equivocaron. El caso puede no tener importancia, o quizá puede tenerla.

»El procedimiento hipotético consiste en, basándonos en los pocos hechos, o incluso datos, que tenemos, formular una hipótesis de lo que podría haber ocurrido. Si la comparación de hechos o datos, o la ausencia de nuevos hechos que necesariamente existirían si la hipótesis correspondiese a la realidad, dan la hipótesis por insostenible, entonces se formula otra hipótesis, guiándonos, si es posible, por los lapsos manifiestos de la primera; y así sucesivamente, hasta llegar a una hipótesis que explique los hechos conocidos y evoque hechos comprobables por conocer, hasta que tengamos que desistir, por no ser sostenible ninguna de las hipótesis que formulamos. Este procedimiento parece más imaginativo que intelectual, y más bien perteneciente a la naturaleza de la adivinación que a la de la investigación. Pero no es así. El producto de la imaginación es, por naturaleza, inapropiado para la realidad; el producto de la especulación hipotética es esencialmente apropiado para ella. En el primer caso la mente trabaja sin límites (o sin límites ajenos a su propia imaginación y a la armonía y coherencia de sus productos en sí mismos); en el segundo caso trabaja con el límite de los datos o hechos, por pocos que sean, que le sirven de fundamento. Es éste, de hecho, un procedimiento de investigación empleado frecuentemente en la ciencia. En las cosas, por naturaleza más exactas, tenemos, siempre que nos falten elementos para la solución científica, que adoptar este procedimiento. Si tenemos dos ecuaciones con tres incógnitas, no podremos resolverlas algebraicamente; de no abdicar tendremos que proceder por hipótesis, yendo al encuentro de la solución, como en todo procedimiento hipotético, por medio de aproximaciones.

»El procedimiento histórico es análogo al hipotético, salvo que se vale de ejemplos pasados, en vez de ejemplos conjeturales. Puede darse la circunstancia de que determinado suceso tenga tales semejanzas con otro suceso del mismo orden, del que haya noticias históricas, que a la luz de nuestro conocimiento del anterior podemos formular, para la explicación del posterior, una hipótesis conjetural, sí, como todas las hipótesis, pero no imaginativa. Esto no significa que el procedimiento histórico valga, por sí y en sí, más que el hipotético. Uno y otro son aprovechables y falibles. El procedimiento histórico parece ser de simple erudición, pero no es así. El procedimiento histórico exige, claro está, el conocimiento de la historia de los casos con los cuales se compara el que se investiga, del mismo modo que el procedimiento hipotético exige imaginación. Pero la simple erudición histórica no importa tanto como la manera de usarla; así como la simple imaginación importa menos que la manera de conducirla. Es menester que vayamos a buscar un ejemplo que tenga realmente analogía con el caso que investigamos, y esa analogía no siempre es inmediatamente visual, no siempre está en los detalles, no siempre está en las personas; y a veces está en las causas ocultas, en los designios que hay que descifrar, porque existe, y lo importante es saber verla a través de las diferencias, pues forzosamente éstas existirán entre los dos casos.

Un paranoico juicioso[*]

1) Tipo de inhibición: a) temor (no), b) moral (no), c) debilidad de voluntad (sí).

2) Debilidad de voluntad: a) de la voluntad de impulso (sí), b) de la voluntad de inhibición (no), c) de la voluntad de coordinación (no); disposición al revés de éstas (esto es, b, c, a).

3) Debilidad de la voluntad del impulso: a) por debilidad mórbida, como en el idiota o imbécil, en el loco deprimido y en el inferior mental; b) por debilidad constitucional, como en el vagabundo (capaz de impulsos súbitos, pero no de impulsividad continua, y menos capaz de voluntad coordinada que cualquier otro); c) por exceso de activi-

---

[*] También preparatorio de *El caso Vargas,* este fragmento constituye un ejemplo curiosísimo del cuidado puesto por Fernando Pessoa en la definición psicológica del criminal y, a fin de cuentas, también en la obtención de un resultado absurdo. De ahí su valor antológico.

dad mental (en que esta deficiencia enlaza con la presencia de voluntad de coordinación, fallando ésta solamente si no hay una emoción fuerte que suministre un elemento impulsado por detrás). El raciocinio elimina a) y b); subsiste c).

4) ¿Qué especie de actividad mental produce la falta de voluntad de impulso? Hay tres: a) el temperamento imaginativo y especulativo (incapaz de un esfuerzo de coordinación aún más que de un esfuerzo de impulso, y análogo por ello al vagabundo, supra); b) el temperamento artístico y literario, en que la voluntad está vuelta hacia adentro (cfr. Leonardo da Vinci) (Hamlet); c) el temperamento simplemente concentrado. Éstos varían en que a) no actúa sino ocasionalmente en cosas cotidianas y mínimas, en que el esfuerzo es casi nulo, o para satisfacer entusiasmos ficticios; b) o actúa perfectamente sólo hacia dentro, en obras literarias y artísticas, gastando en ellas su vaga impulsividad y su voluntad coordinadora, desistiendo incluso frecuentemente de ellas por el exceso de escrúpulo estético o racional; c) sólo actúa cuando una idea única, que se apoderó poderosamente del espíritu, llegó a la madurez y, aun así, casi siempre, si no siempre, sólo cuando una circunstancia extrema le expone a esa madurez. a) Es un disperso por naturaleza, b) un concentrador, c) un concentrado.

5) Tipos de concentración: ¿Qué es concentración? La fijación de todas las fuerzas del espíritu

en torno a un elemento... Hay concentración en torno a) a una idea, b) a una emoción, c) a un propósito. La primera es la del individuo que medita determinada cosa, que sólo la realiza si le ofrece una oportunidad flagrante, dado que le falta voluntad... La segunda es la del individuo que siente intensamente determinada cosa, que sólo la realiza si se presenta una oportunidad que, primero, le aclare bien a él mismo lo que siente; segundo, mueva fuertemente la voluntad, pasándolo a la categoría del concentrado del tipo a). La tercera es la del individuo que tiene un propósito firme, para el cual busca oportunidad. En el caso presente, se trata manifiestamente del caso b).

6) Tipos de concentración emotiva: a) por la emoción atractiva (como la de desear a una mujer); b) por la atracción repulsiva (como la de odiar a alguien); c) por la emoción abstracta o intelectual, que no pertenece a ninguna de estas categorías, abarcando las de un sentimiento religioso o misticismo político, etcétera. Se trata, en este caso, de b).

7) Tipos de emoción repulsiva: a) ofensiva, b) defensiva, c) combinación de las dos (como cuando se quiere atacar a un individuo para tomar posiciones). Aquí b).

8) Tipos de emoción defensiva: a) habitual, esto es, paranoia (excluida en este caso); b) ocasional (excluida en este caso por la premedita-

ción, etc.); c) mezcla de las dos, con la intensidad de la habitual y la impulsividad (?) de la ocasional. El temperamento de c) tiene, pues, analogía con el temperamento del paranoico en el fondo, con el ocasional en la superficie. Es un paranoico enteramente lúcido, es decir, tiene todas las características de la paranoia, menos el delirio central, que de hecho constituye la paranoia.

(Si se me permite usar una paradoja, diré, para concluir esta serie de razonamientos, que el autor de este crimen es un paranoico juicioso.)

Epílogo ad hoc

Cuando en noviembre de 1978 concluí mi *Antología bilingüe* de toda la poesía de Fernando Pessoa, me percaté de que para lograr una visión completa y razonablemente profunda de la obra sería menester hacer otro tanto con su prosa, no traducida hasta entonces, desconocida, menospreciada, y de la cual había publicados diez volúmenes. Pensé entonces componer una amplia antología que reuniera los mejores y más significativos escritos de entre los publicados. Pero dificultades habidas con mi *Antología* poética retrasaron su publicación e hicieron de este modo desvanecerse poco a poco el proyecto. En efecto, mis dos volúmenes de poesía acabaron por salir al público en enero de 1981, lo que vino a infundirme nuevo ánimo, y, retomado el proyecto de la prosa, a él me dediqué por entero desde octubre de aquel año hasta octubre de 1983, en que lo concluí. Para entonces había reunido más de mil páginas de la prosa pessoana que abarcaban toda su producción: desde las notas íntimas y de autointerpretación hasta los cuentos de raciocinio, pasando por los textos de crítica y arte, filosofía, religión, sociología y política, etc. Tamaño conjunto tenía yo pensado repartirlo en dos volúmenes ciertamente gruesos, acompañado cada uno de un índice de nombres y otro de materias, de modo que pudieran leerse como un libro de consulta, para casos concretos, o de corrido, como un ensayo u otro tipo de texto. Pero su voluminosidad, por un lado, y la proximidad de la fecha de entrada de la obra de Pessoa en el dominio público, por otro, determinaron que ningún editor en su sano juicio se abalanzara a su publicación, cayendo así de nuevo el silencio y el sueño del tiempo sobre mi trabajo, como ya ocurriera años antes con la poesía. Sin más remedio que la resignación, hemos llegado a estas fechas y a la ocasión en que Alianza Editorial decide publicar, de mi antología de prosa pessoana, *El banquero anarquista* y los *Cuentos de raciocinio,* en rigurosa primicia mundial de traducción estos últimos. Es pues, querido y desocupado lector, un tercio del segundo de mis volúmenes de la prosa pessoana lo que acaba usted de leer, y me pareció de todo punto oportuno redactar estas líneas para un breve y necesario esclarecimiento de lo que antecede. La forma de epílogo se impuso por la naturaleza misma de los textos, dotados de algún misterio y expectación que justifican el silencio previo so pena de quitarle gracia al asunto. Con todo, el Pessoa prosista y, en particular, el autor de cuentos de misterio constituyen novedad, por lo que merecen algunas puntualizaciones, aunque someras.

Todos estos cuentos, a excepción de «El banquero anarquista», que fue publicado en 1922, estaban inéditos a la muerte de Pessoa, y todos ellos, a excepción también de «Una cena muy original», estaban incompletos. Hubo que extraerlos del famoso arcaz de manuscritos dejado por Pessoa y, con mucha paciencia y alguna imaginación, reconstruir lo que sería el cuento en la cabeza del autor, fragmento a fragmento, haciendo las necesarias interpolaciones explicativas. Lo fragmentario de la prosa pessoana es una de sus más importantes características a la que no escapan estos cuentos. Pero más importante es señalar que hay decenas de fragmentos de otros cuentos no incluidos aquí que atestiguan el interés de Pessoa por este género literario y su decisión de dedicarse a él en buena medida: se conocen decenas de proyectos, ideas simplemente esbozadas, títulos, pequeños pasos, que sin orden ni concierto, como simples notas para posterior elaboración, iba dejando Pessoa por todas partes. Los aquí reunidos son el conjunto más elaborado de entre ellos. Existe otro texto en inglés, también firmado por Alexander Search, llamado *The Door* (La puerta), casi completo y que por estos días sale en su primera versión portuguesa.

Para reunir estos cuentos en mi antología de prosa hube de echar mano de dos libritos, uno de ellos *El banquero anarquista y otros cuentos de raciocinio de Fernando Pessoa,* del abogado Fernando Luso Soares, que publicó una pequeña editorial lisboeta en 1964. Pero al hacerlo se metió en un buen berenjenal porque la editorial que ostentaba los derechos de autor de Pessoa no sabía del asunto, se querelló, y en pocos días la edición entera fue retirada del mercado. El ejemplar que utilicé fue uno de los escasos que lograron escapar. El otro librito, *Fernando Pessoa y la literatura de ficción,* se debe al trabajo de Leonor Machado de Sousa, profesora de la Universidad Nueva de Lisboa, quien reproduce el facsímil de «Una cena muy original», lo traduce y lo comenta. A ella se debe también la inminente recuperación de *The Door,* antes citado. Estos libros me dieron una importante visión de conjunto de lo que fue el esfuerzo y el interés de Pessoa por lograr una producción literaria de misterio y raciocinio que siempre le apasionó y que, si en su origen tiene el claro marchamo de Poe, evidente en Alexander Search, pronto deja paso a una voz muy particular, un estilo inconfundible del propio Pessoa.

Los cuentos pessoanos son de una gran inocencia en punto al argumento y trama: no hay violencia, ni muertos ni heridos (excepción hecha, claro está, de «Una cena muy original»). Lo único que le importa a Pessoa es la deducción pura, el arte supremo del raciocinio, de la cerebración perfecta que conduce a descifrar impecablemente cualquier misterio.

«El banquero anarquista» es un inestimable juego deductivo. No hay historia: hay deducción lógico-silogística. Hay que leerlo atentamente más de una vez para darse cuenta de dónde está el truco tan perfecto de esa concatenación prodigiosa de razonamientos imposibles, disparatados pero insoslayables. Y el truco está en la sutileza sofística que esgrime sabiamente Pessoa, quien hace desviarse la realidad a donde le conviene, a las premisas necesarias, apoyado en una lógica deductiva aplastante. Constituye un auténtico deleite intelectual seguir el impecable hilo de raciocinio del autor.

«Una cena muy original» es un texto de excepción. Sobre todo por serlo de juventud: imagínense ustedes a un jovenzuelo de diecinueve años, educado a la inglesa con todo el rigor victoriano que pueda esperarse en lejanas colonias, recién llegado a una Lisboa provinciana y afrancesada, con la que choca y de la que se aparta, aislándose. Su referencia cultural única sigue siendo la literatura angloamericana, del siglo XIX sobre todo; su pasión, la literatura de horror y misterio, tan inglesa en su filiación y tradición desde las novelas góticas y tan elevada a altas cumbres de la mano de Poe. Alexander Search es el heterónimo –de los más antiguos– responsable de la relación de Pessoa con la cultura anglosajona: autor de poemas en inglés, es también autor de estos primeros textos de horror y misterio y será siempre el eslabón de Pessoa con lo angloamericano. El cuento en sí es transparente, ordenado según los cánones, apuntando desde el principio a un desenlace inexorable. Y lo más curioso es cómo se ocupa –¡qué encantadora preocupación puritana y victoriana!– en la primera parte del mismo de advertir al lector de lo *malo* que es Herr Prosit para que el lector justifique después el horror final.

Los demás cuentos aquí incluidos no pasan de fragmentos de proyectos nunca terminados en los que Pessoa, ya con estilo formado, se ocupa exclusivamente de descifrar, pasando por encima del argumento (a veces casi inexistente) y de la acción, en todo supeditada a las exigencias del raciocinio. La mente geométrica de Pessoa necesita ese didactismo tan patente, a veces deliciosamente paternalista, de estos cuentos: cómo se recrea en enseñar a pensar, a deducir, a descifrar en suma. Y todo ello con impecable rigor, método y orden deductivo, utilizando un lenguaje que a veces recuerda el de la programación informática, lleno de variables a las que se contesta sí o si no... *vaya al paso siguiente.*

El mejor de todos ellos me parece «El robo de la Finca de las Viñas», no por la historia, trivial, sino por la originalidad de ser el narrador el culpable y también por lo bien escrito que está, llegando a momentos de gran altura literaria, como cuando, ante el Tajo y sin mirar, el doctor Quaresma desvela el misterio señalando al verdadero culpable, que tiene a su lado.

Pese a lo fragmentario de su estado, la prosa constituye un conjunto de gran importancia en la obra de Pessoa, que se muestra en ella como lo que realmente fue: un agitador cultural de primer orden, un espíritu riguroso, curioso e interesado por todos los órdenes y aspectos de la vida, en particular la vida mental, y un hombre poseedor de un cerebro privilegiado, de excepcional inteligencia aunque sumamente disperso. Queda bien patente la capacidad creadora de Pessoa, al que considero un gran novelista frustrado. En efecto, lo que mejor se le da al vate es crear personajes a los que dota de vida propia tan intensa que se convierten en seres reales. Y lo hace con una genialidad natural, como si sus personajes fueran tan humanos como él: toda la heteronimia lleva el sello del perfecto creador de novelas y toda ella es de novela, de buena y gran novela, como las de antes. Pero la poesía era más corta y más rápida de escribir, más ágil en desprenderse de la mente creadora. Le pilló el toro a Pessoa, no le dejó más tiempo que para completar, no del todo, lo más importante de su poesía. Con él pereció ese novelista magno que faltó a su generación.

El estilo de Pessoa en estos cuentos es muy particular, de hecho como el de toda su prosa, plagada de licencias y malabarismos sintácticos, de rarezas y caprichos léxicos también, a los cuales contribuye no poco la gran flexibilidad, riqueza y maleabilidad del portugués, sin duda la más rica en recursos expresivos de todas las lenguas románicas. Mas no así el castellano, con su tradicional rigidez limitativa, que ha obligado a un enorme esfuerzo de *reducción* del estilo pessoano a los cauces del castellano normativo, claramente desbordado si nos atuviésemos estrictamente al texto portugués, que por otra parte ha sufrido en ciertos aspectos el ataque del tiempo.

Miguel Ángel Viqueira